DER TINDER BERICHT

THE TINDER STORY

Bibliografische Information der Deutschen Nationalbibliothek: Die Deutsche Nationalbibliothek verzeichnet diese Publikation in der Deutschen Nationalbibliografie; detaillierte bibliografische Daten sind im Internet über dnb.dnb.de abrufbar.

Herstellung und Verlag:
BoD – Books on Demand, Norderstedt
ISBN: 978-3-8391-6647-5

Die Ausgangslage

Fünfunddreissig Jahre alt, weiblich, berufstätig, sportlich, halbwegs intelligent und umgänglich, keine Kinder und (ungewollt) Langzeitsingle.

Okay, richtig Mühe gebe ich mir nicht diese Situation zu ändern oder gezielt nach meinem Traumprinz zu suchen. Den zum einen ist es, in einem durchgeplanten Single-Leben auch nicht so einfach, sich dafür Zeit zu nehmen, zum anderen bin ich mir nicht immer sicher, ob ich meine Situation überhaupt ändern möchte.

Ich verdiene mein eigenes Geld und kann mir damit so viel Sneakers kaufen wie ich möchte. Ich muss dazu vor niemandem Rechenschaft ablegen oder meine Beute sogar ein halbes Jahr im Schrank verstecken, um der vorwurfsvollen Frage „Schon wieder neue Schuhe?" aus dem Weg zu gehen.

Wenn ich am Sonntagmorgen aufstehe, es regnet und die Welt wiedermal ein bisschen Zuviel ist, kann ich den ganzen Tag auf dem Sofa verbringen und im frisch geshoppten Trainingsanzug vor mich hingammeln. Ich muss nicht duschen oder die Haare kämmen, meinen Katzen ist es egal wie ich rumlaufe.

Doch wenn alle um dich rum heiraten, Kinder kriegen und sich sogar schon wieder scheiden lassen, merkst du langsam, dass bei dir etwas anders läuft.

Nicht dass ich mich nach einer Scheidung mit Schlammschlacht sehne, aber ich hätte wenigstens gerne die allererste Voraussetzung, die einen solchen Schritt möglich machen würde.

Meine Oma meinte immer, dass man nicht suchen muss, sondern nur offen sein, dann kommt die Liebe von ganz alleine - check, offen sein!

Doch wie ist man denn offen für die Liebe? Ich gehe aus, mach mich sogar fürs Fitnessstudio hübsch, falls der Auserwählte genau da meinen Weg kreuzt, der Freundinnen-Joker wurde schon vermehrt ausgespielt, aber sogar bei den Kumpeln von meines Bruders Kumpeln war nix passendes dabei.

Und was nun, einsam sterben? Der Freundinnenrat tagt und ist der Meinung, dass wir (meiner besten Freundin geht's nämlich identisch) mit der Zeit gehen müssen und unsere grosse Liebe online finden werden, wenn wir uns auf einer dafür vorgesehenen Plattform anmelden würden.

Da wir zu zweit sind, macht es das Ganze etwas einfacher: „Wenn du, dann ich und wenn nicht dann musst du, denn sonst...!" Der Entscheid steht, aber auf welchem der hunderten verschiedenen Portalen anmelden?

Parship: In 15 Minuten verlieben, das geht mir nun doch etwas zu schnell, ich will ja schliesslich erobert werden, auch wenn's nur ein virtueller Prinz ist.

ElitePartner: Die nehmen nur Singles mit Niveau. Klingt eigentlich gut, doch wie stellen die das fest? Am Ende muss ich noch irgend so einen Psycho-Test machen und es kommt raus, dass ich selbst für eine Single-Seite nicht geeignet bin. Lieber nicht.

Tinder schlägt jemand vor. Gratis, sympathisch, aber ist dies nicht dieses OneNightStand-App? Mal googlen, Tante Wiki wird mir da schon genauer Auskunft geben können:

*"**Tinder** (dt. Zunder) ist eine kommerzielle mobile Dating-App, die das Ziel hat, ihren Benutzern das Kennenlernen von Menschen in der näheren Umgebung zu erleichtern. Sie wird zur Anbahnung von Flirts oder zum Knüpfen von Bekanntschaften verwendet."* [1]

Naja, Flirts und Bekanntschaften sprechen nicht gerade für die grosse Liebe und im Ursprung war es

---

[1] Quelle: Wikipedia 28.04.16

wohl eine Kuppler-App auf irgendeiner amerikanischen Universität. Wie die Studenten es da so mit Liebe haben, wissen wir ja spätestens seit der Reportage über Spring-Break.

Aber da war doch dieser alte Schulfreund, der seine grosse Liebe genau auf Tinder gefunden hat und seit zwei Jahren ziemlich glücklich wirkt.

Vielleicht sind wir Mitteleuropäer einfach zu prüde um die App für so zu verwenden, für deren Zweck sie einst erfunden wurde. Das würde mir sehr in die Karten spielen, ist doch ein dauerndes Wechseln der Sexualpartnern in meinem Alter schon viel zu anstrengen, ich möchte nicht jedes Mal von neuem erklären, dass er genau das nicht tun soll, von dem anderen aber bitte viel mehr einbauen darf.

Was kostet es schon sich da mal anzumelden?

Die Anmeldung

Im App-Store sind ein paar Bilder von vermeintlichen angemeldeten Singles. Na wenn die alle so aussehen, dann gute Nacht. Da werden wir untergehen in der bestechend hübschen Konkurrenz. Aber nicht gleich entmutigen lassen. Auch ein blindes Huhn findet mal ein Korn.

Beim Öffnen der App wird auf dein Facebook-Profil zugegriffen, das erleichtert einiges. Du brauchst keine Fotos hochzuladen und dein „Gefällt mir"-Angaben, werden automatisch als Interessen aufgeführt.

Hast du allerdings in der Vergangenheit „Strickvorlagen für Woll-Tangas" oder „I Love Babys - they are so tasty" geliked, solltest du vielleicht dein Facebook-Profil vor der Anmeldung auf Tinder überarbeiten. Ausser natürlich du magst die Wolldinger so sehr, dass du von deinem künftigen Mann fürs Leben erwartest, dass er genau diese in euren bevorstehenden Liebesnächten trägt. Dann ist alles okay.

Bei mir kommen viele Interessen, die etwas mit Sport, Fitness und gesunder Ernährung zu tun haben. In meinen Augen sollte doch genau das Männer ansprechen? Wenn ich mein Profil so studiere, bin ich ziemlich zufrieden. Ich bin ein ganz schön guter Fang, so auf den ersten Blick. Jetzt muss das nur noch irgendwer bemerken.

Jetzt noch schnell ein kurzer prägnanter Satz über mich verfassen, der alles und trotzdem nichts sagt. Man muss ja die Spannung erhalten.

Ich lese nicht nach wie das Ganze funktioniert, das wird sich schon rausstellen, wenn man etwas damit rum spielt.

Los geht's, meine Auswahl wird geladen und schon strahlt mich der erste etwas zerzauste Kerl mit Wohlstandsbäuchlein aus meinem Handy an. Sein Handy ist laut GPS-Signal rund zehn Kilometer von meinem entfernt.

Die Handhabung

Ich kann nach links wischen, links ist blöde, links wollen wir nicht. Oder ich kann nach rechts Wischen, rechts ist toll, rechts mögen wir.

Ganz rechts hat's ein Sternchen, mal draufdrücken und schauen was passiert. Hoppla, ich hab dem netten etwas kahlköpfigen, leichtuntersetztem Herrn gerade ein Superlike gegeben. Das ist noch viel besser als nach rechts wischen. Das ist so wie wenn du dich in einer Bar direkt vor deinen Schwarm stellst und in bittest sein Leben mit dir zu verbringen.

Naja, hab ich dem Herrn, der sicherlich einen bestechend guten Charakter hat, den Tag etwas versüsst.

Nach ein bisschen nach links wischen, kommt der erste der mal einen zweiten Blick wert ist. Ich bleib mit dem Daumen kurz auf dem Display, weil ich mich nicht entscheiden kann in welche Richtung ich wischen möchte und lande auf seinem Profil. Ah okay, da gibt's noch mehr als nur diese eine Bild.

Schnell zurück zu meinem Account, mal schauen, was bei mir so alles hochgeladen wurde. Es sind zum Glück nur Profilbilder, also keine Bilder einer durchtanzten Partynacht, auf dem ich von irgendeinem Freund markiert wurde, die Markierung aber nicht löschen möchte, da ich sonst uncool wirken könnte.

Alles im grünen Bereich, ich kann mich wieder meinen potenziellen Matches widmen.

Und sofort entdecke ich das nächste Feature von Tinder. Bei einem Herrn aus der näheren Umgebung werden im unterm Bereich „Verbindungen" angezeigt. Zum einen sind da Seiten zu sehen, die wir beide geliked haben, doch das wirklich hilfreiche sind unsere gemeinsamen Freunde.

Bei alten Schulfreunden, die du das letzte Mal mit sechzehn gesehen hast, braucht es vielleicht eine Portion Mut um nachzufragen wie den derjenige so ist, der dir von Tinder gerade als potentieller Partner vorgeschlagen wurde. Wenn du aber ein paar guten Freunden von deinem Tinder-Experiment erzählt hast, bringt dies schon gewisse Vorteile mit sich. Kurz ein Printscreen an den gemeinsamen Freund schicken und schon erhältst du ein bisschen Wischhilfe.

Ob du dich dann von Sätzen wie „hübsch aber strohdumm" oder „das ist mein Exfreund, lass und Vagina-Sisters werden" beeinflussen lässt, ist natürlich dir überlassen.

Auch das Internet-Stalkern wird dadurch beträchtlich erleichtert. Und mal ehrlich, wer macht das nicht wenn er gerade einen neuen potenziellen Vater eure noch nicht gezeugten gemeinsamen Kinder entdeckt hat?

Im Tinder brauchst du dazu nicht mal die Hilfe deiner gemeinsamen Freunde. Er hat sein Hobby in seinem Text vermerkt. Vielleicht sogar ein Foto mit dem Trikots des entsprechenden Sportklub abgebildet?

Heute hat jeder Beer-Pong-Spassverein seine eigene Webseite, auf der die Mitglieder mit allen erdenklichen Merkmalen beschrieben werden. Du hast den Vornamen von Tinder und ruckzuck auch den dazugehörigen Nachnamen.

Einmal auf allen sozialen Netzwerken durch die Suche gejagt und schon hast so viele Informationen über die Person, dass du beim ersten Treffen gar nicht mehr weisst was du denn noch erfragen sollst, was du nicht schon längst über ihn weisst.

Die Auswahl

Was mich wirklich erstaunt ist, dass zwei Damen im selben Alter, mit nahezu identischem GPS-Standpunkt, scheinbar keinen selben Kerl vorgeschlagen bekommen.

Hat Tinder wirklich verstanden, dass wir auf komplett unterschiedliche Typen stehen. Ein Hoch auf den Programmierer. Doch was ist dann mit all diesen Typen, die selbst mit äusserst hohem Glauben an seinen inneren Werten, nicht mal annähernd in Frage kommen? Bekommt jeder einfach auch noch ein paar solche vorgesetzt, damit wir bei den vermeintlich Guten etwas grosszügiger nach rechts wischen?

Sei es wies ist. Auch hier ist das Online-Portal dem Real-Leben etwas voraus. Wir müssen uns nicht nach zwei Stunden Unterhaltung auf einer Party mit einem wirklich gutaussehenden Mann, mit der besten Freundin auf die Toilette zurückziehen um ihre Meinung einzuholen. Nur um anschliessend festzustellen, dass sie genau ihn in der letzten Woche mit unserer grössten Feindin rummachen gesehen hat. So etwas geht gar nicht, ist unentschuldbar und egal wie toll er ist, dies kann er nie wieder gutmachen. Wir werden nicht von der Toilette zu ihm zurückkehren.

Selbst wenn wir bei der Kaffeepause im Geschäft mal ein bisschen hin und her wischen, können wir das Profil, bei welchem wir etwas hin- und hergerissen sind, schnell zum quenchecken genannter Qualitätskontrolle zuschicken und erhalten sofort einen entsprechenden Wisch-Tipp.

Die Unterschiede der vorgeschlagenen potenziellen Partner weichen je nach Benutzer jedoch so stark voneinander ab, dass ich mir sogar schon Gedanken darüber gemacht habe, ob mir wohl mit dem Download der App, in meinem Kopf einen kleinen Chip installiert wurde, der Tinder verrät was ich wirklich suchen. Oder könnten sie an meiner Wischgeschwindigkeit herauslesen wie mein Partner-Wahlverfahren im richtigen Leben aussieht?

Eine Bekannte von mir hat mir letzthin ein paar Fotos gezeigt, die ihr von Tinder-Usern zugesendet wurden. Die Fotos sind sehr zweideutig. Oder eigentlich eher eindeutig, denn ich kann in ein Foto von einem besten Stück in Arbeitsposition, nicht viel mehr reinen interpretieren als eben genau das eine. Selbst mit sehr viel gutem Willen, fällt es mir schwer zu glauben, dass er ihr damit signalisieren wollte, dass er einfach Wert auf einen gesunde Prostata legt, mit der er fähig ist gesunde Kinder zu zeugen.

Ich hab bis heute noch kein einziges Phallus-Bild erhalten und bin nicht sicher ob ich froh darüber bin oder ein bisschen Neid aufkommt. Denn, wer hat heute nicht schon seine Private Penis-Bild-Sammlung auf dem Handy, mit der in eingeweihten Kreisen angeben kann?

Tinder arbeitet mit Algorithmen, das heisst irgendetwas in ihrem Facebook-Profil weist darauf hin, dass sie eine Vorliebe für eher extrovertierte Männer aufweist.

In einer Nachtaktion, habe ich ihr Profil eindringlich studiert, bin aber nicht zum Schluss gekommen, ob es etwas mit ihrer Dog-Dancing-Vorliebe zu tun hat oder doch eher damit das sie David Beckham geliked hat.

Ich möchte irgendwie von keinem der beiden im meinem News-Feed über ihre aktuelles Vorhaben informiert werden, deshalb wird es wohl ihr Geheiminis bleiben.

Ich werde weiterhin meine Foto-Sammlung nur mit persönlichem Kontakt und dem Zeitaufwand von mindestens drei Dates – wir sind ja Ladys – aufbauen könne, wenn ich den auf eine solche Wert lege.

Der Reale-Wischer

Nach dem ich mich ein bisschen mit Tinder auseinander gesetzt habe, kommt mir ein toller Gedanke:

Was wäre wenn es diesen Wischer im richtigen Leben gäbe?

Das würde so viel erleichtern. Nicht nur, dass du aufdringliche Typen mit deinem Daumen einfach aus deinem Leben wischen könntest. Es würde sich ungeahnte Möglichkeiten auftun:

Dein Chef kommt am Freitagnachmittag noch mit diesem ultradringenden Auftrag und du hast eigentlich mit deinen Freundinnen zum Kaffeetrinken abgemacht. Deine Kollegin ist natürlich schon wieder am Mittag ins Wochenende gegangen. Wischer nach links und ab nach Hause.

Du stehst seit gefühlten hundert Stunden im Stau, weil irgend so ein Doofmann wiedermal nicht fahren konnte und einem hinten drauf geknallt ist? Der Termin bei deiner für Monate ausgebuchten Nagel-Designerin rutscht in unerreichbare Weite. Wischer nach links und die Strassen sind frei.

Seit Monaten quälst du dich beim Sport ab um diese nervigen Fettpölsterchen auf deinen Hüften endlich weg zu bekommen, damit du in deinem neuen Bikini im Strandbad auch den gewünschten Erfolg zeigen kannst. Doch es tut sich einfach nichts, da du immer wieder dieser unwiderstehlichen Schokolade zum Opfer fällst? Wischer nach links und dein Prösterchen rutschen genau an die Stelle, wo du sie haben möchtest, oder verschwinden für immer in den Wolken.

Andersrum wär natürlich auch ganz toll:

Ein Blick, eine Liebe, dieses Verlangen, ja, ich will! Ich brauch diese tollen Schuhe einfach, ich werde kein Tag mehr ohne sie leben können. Mit Blick auf dein Bankkonto wird dir aber sofort klar, dass eure Wege sich trennen werden, wenn nun kein Wunder passiert und die nette Verkäuferin just in diesem Moment ein Sale-Aufkleber auf die Schuhe macht. Wischer nach rechts und sie sind deine! Denn das sie dich zuvor geliked haben, davon kannst du ausgehen, so sehr wie sie für dich gemacht sind.

Lieber Tinder-Erfinder

Ich weiss, dass Ihr ein App entwickelt habt um amerikanischen Unistudenten nicht zu viel Zeit zu rauben, wenn sie nach sexuellem Ausgleich in ihrem stressigem Studentenleben suchen.

Es hat sich in eine Richtung entwickelt, mit der ihr sicher nicht gerechnet habt und ist wohl um einiges grösser geworden, als ihr erwartet habt. Aber genau deshalb tragt ihr eine gewisse Verantwortung für eure User.

Ich weiss, dass ihr stetig an neuen Ideen und Features für Tinder arbeitet und in meinen Augen bis anhin echt einen guten Job gemacht habt. Doch nun wird es Zeit für Tinder 2.0 – Tinder in the real live!

Kommt aus euren schlecht gelüfteten und dunklen Hackerkellern raus und revolutioniert die Welt mit einem Wischer!

Wir warten auf euch!

xxx

euer Tinder User

Der Verwischer

Bleiben wir realistisch, bevor du einmal nach rechts wischst, hast du gute hundert Bilder beziehungsweise einen Menschen, was dabei schnell mal vergessen geht, mit links in Cloud-Jenseits befördert. Mit der Zeit wirst du richtig schnell darin. Immerhin haben wir schon ein gewisses Alter erreicht und müssen die Zeit vernünftig planen, die uns noch bleibt, solange unser Marktwert noch halbwegs akzeptable ist.

Zudem weisst du mit Mitte dreissig schon ziemlich genau, dass ein Rocker zwar durch aus diesen Bad-Boy-Reiz hat, wenn du aber weder mit Biergelagen, Motoradtreffen oder Konzerten auf denen du um dein Leben fürchten musst, dass du von irgendwelchen Head bangenden Jungrocker K.O. geschlagen wirst, etwas anfangen kannst, wirst du nicht noch diesen einen Versuch wagen. Der Lebensschule sei Dank.

Doch dann kommt der Moment, indem dich dieses sympathische Lächeln, dieses gutaussehenden Kerls, fast vom Sofa fallen lässt. Er lebt gleich bei dir um die Ecke und hat etwa zwanzig gleiche Interessen wie du und zwar diese die dir richtig wichtig sind, nicht diese die jeder hat. Dann noch dieses Hundebaby neben ihm. Du erkennst sofort, dass es Liebe ist. Gibst heimlich schon den ungeborenen Kindern Namen.

Doch was macht dein Daumen? Er ist sich so gewohnt nach links zu wischen, sodass er dies automatisch und ohne Zustimmung deines Herzens auch hier macht. Nein, oder? Wo ist der Zurück-Button? Wo bist du hin, Mann von dem ich noch nicht mal wusste, dass ich von dir Träume?

Okay, dieser runde Pfeil könnte „zurück" bedeuten, mal anklicken, doch es poppt eine Meldung auf dass ich jetzt meine Kreditkarte zücken muss, wenn ich mir einen solchen Fehler leiste.

Mein automatisierter Daumen und mein Geiz hat soeben unsere Liebe im Keim erstickt und ich werde nun doch einsam sterben mit rund zwanzig Katzen, die anschliessend meine Leiche auffressen werden, da mich niemand vermissen wird und somit auch erst gefunden werde, wenn der Geruch meiner Verwesung so gross ist, dass ich zu einer nationalen Gefährdung werde.

Nach Tagen der Trauer habe ich mich wieder ans Wischen gewagt und siehe da, wenn man sich einmal komplett durch alle verfügbaren Benutzer, die deinen Suchkriterien entsprechen, durchgewischt hat, beginnt es einfach wieder von vorne.

Nur blöd dass mir mein Traummann beim zweiten Blick etwas zu tranig vorkommt, wie er da so mit dem überzüchtenden sabbernden Flohsack extra posiert, um möglichst viel Matches zu kriegen.

Also weiter geht's, jetzt ist mein Ehrgeiz geweckt, da muss es doch noch bessere geben.

Der Minimalist

„Hey du"

„Na?"

„Hallo"

„Wie geht's"

Echt jetzt? Wenn ihr in einer Bar steht, die Hände schon beim Anblick eurer Angebetet feucht werden, ihr allen Mut zusammen nehmt, euch vor sie stellt und nicht mehr als ein „Hallo" rausgestammelt bekommt, mag das ja auf eine gewisse Art süss sein.

Aber du bist hier auf eine Onlineplattform, du hast alle Zeit der Welt, dir Gedanken darüber zu machen wie du diejenige jetzt genau von dir überzeugen kannst und alles was dir dazu einfällt ist ein „Hallo"? Das klappt doch die letzten zehn Jahre beim Aufreissen in der Disco schon nicht, wie kommst du darauf, dass es genau hier der Schlüssel zum Erfolg ist?

Lass dir etwas erklären: Eine halbwegs attraktive Frau, hat pro nach rechts wischen gut und gerne bei 60-70% einen Match, von den werden ihr rund 50% schreiben. Davon einige mit einem Kompliment bezüglich ihres unglaublich spannenden Profils, ihren Fotos oder erklären ihr was sie für eine tolle Ausstrahlung hat. Wenige mit einer herzzerreissenden Geschichte und ein paar bringen sie bereits mit ihren ersten Worten zum Grinsen. Dazwischen steht dein „Hallo", was glaubst du wird mit deiner Nachricht passieren?

Wusstest du, dass es rechts oben im Eck so einen Button hat auf dem man „Verbindung entfernen" drücken kann? Ja, in der Bar kannst du dir Mut antrinken und hoffen, dass sie sich auch etwas dem Alkohol hingibt, sodass nach zwei bis drei Stunden ein erneuter Ansprechversuch möglich und vielleicht sogar erfolgreich sein wird.

Verbindung gelöscht, Tschüssikofski, no second chance, alles war umsonst, deine noch so liebevoll gesendet „Hallo" verschwindet in den Weiten des World-Wide-Webs.

Liebe Minimalisten

Ihr habt diese eine Chance zu punkten, die Konkurrenz ist gross und verdammt gut, also lasst euch was Besseres einfallen als ein „na?"

Oder ist das wirklich alles was ihr zu bieten habt?

Nichts für ungut, und viel Erfolg auf eurer Suche.

xxx

Eure etwas Ausführlichere

Der Grosse

Nettes Gesicht, achtundzwanzig Jahre, etwas jung vielleicht aber was soll's. Ich fühl mich auch keinen Tag älter als fünfundzwanzig. Auf jedenfalls nach neun Stunden Schlaf und zwei Stunden im Badezimmer.

Mal sein volles Profil anschauen. Die Bilder sind viel versprechend. Ob wir gemeinsame Verbindungen haben? Nachschauen was er so über sich schreibt.

Ich trau meinen Augen nicht, da stehen zwei Zahlen mehr nicht, einfach nur: 185cm, 24cm

Ich gehe mal nicht davon aus, dass die zweite genannte Zahl, die Distanz ist, wie weit mein GPS-Signal von seinem entfernt ist. Denn neben mir sitz niemand.

Bin ich echt so alt und prüde, dass mir das etwas „too-much" vorkommt. Oder läuft das heute bei den U30 so? Alle Fakten auf den Tisch, sodass man nicht viel Zeit verliert beim Wischen.

Und was ist dann die Korrekte Angabe für eine Frau? Die BH-Grösse wird es kaum sein, da die meisten heterosexuellen Männern mit der Zahlen- und Buchstaben-Kombination gar nichts anfangen können.

Haarlänge vielleicht, Handgrösse je nach Vorliebe? Es ist gar nicht so einfach als Frau sich über nur zwei Zahlen zu beschreiben, von der die eine die Körpergrösse abdecken soll. Wir haben etwas mehr zu bieten und ich hoffe doch, dass es bei den Herren der Schöpfung nicht gross anders ist.

Nachdem ich mich von meinem ersten Schock erholt habe, überlege ich mir dem jungen Herrn zu schreiben. Ich bin mir nahezu sicher, dass er mich geliked hat. Auch wenn ich ihm somit unterstelle, dass er in der Wahl seiner bevorzugten Gespielin wohl eher zur grosszügigeren Sorte gehört.

Es ist allerdings schon nach zehn Uhr und mein Bett ruft lauter als der Wille, einem vielleicht etwas hilflosen jungen Mann, einen Tipp auf seinem weiteren Lebensweg mitzugeben, gross ist.

Lieber Grosse

Ich weiss, nur solche, die nicht ganz so gut bestückt sind sagen, dass die Grösse nicht wichtig ist. Aber ich bin eine Frau, ich hab gar keinen, deshalb glaub mir einfach.

In den ganzen Pornos sind die Frauen nur deswegen so von der Grösse beeindruckt, weil sie eben Schauspielerinnen sind und genau dafür bezahlt werden. Ein gewisses Mindestmass ist sicherlich von Vorteil, doch wenn du nicht damit umgehen kannst, schadest du mehr als das es den gewünschten Erfolg bringt. Das tut nämlich ganz schön weh, wenn du da drinnen auf etwas drauf krachst.

Zudem sind wir zuhause nicht für sowas ausgestattet, wir führen nur Kondome in Standartgrössen, du kommst also nicht mal zum Zug wenn's dann doch mal klappt und dich eine nach rechts wischt.

Und mal ehrlich 24cm, wo hast du da mit messen angefangen? Oder hast du das Massband einfach einmal rings um gewickelt?

Nichts für ungut, und viel Erfolg auf deiner Suche.

xxx

Deine Kleine

Der WhatsApper

Ein Rechtswischer eine witzige Nachricht, eine noch witzigere Antwort von mir und dann kommt die Frage ob ich den WhatsApp habe.

Klar habe ich WhatsApp, gibt es denn heute noch Leute die kein WhatsApp haben, ausser den ganzen Verschwörungstheoretikern? Mir war bis heute allerdings nicht klar, dass dies einen entscheiden Einfluss auf die Partnerwahl haben könnte. Doch es scheint so zu sein.

Ich beantworte die Frage also mal mit einem ehrlichen „Ja, hab ich". Sofort bloppt eine Handynummer auf in meinem Nachrichtenfeed. Mit dem zusätzlichen Vermerk „Ich bin noch bei der Arbeit".

Ich brauche ein paar Minuten um zu versteh was da gerade passiert ist. Ich stelle es mir durchaus fabelhaft vor, dass wenn ich in einer Bar stehe, das Lächeln dieses wirklich gutaussehenden Adonis abbekomme, der bereits den ganzen Abend von allen verfügbaren Damen (und ein paar Herren, die ein bisschen des Glanzes abkriegen möchten) umgarnt wird. Er beim Gehen an meinem Platz vorbei kommt und mir einen Zettelt zusteckt auf dem seine Nummer steht. Da darf auch noch „Hast du WhatsApp?" drauf stehen, wenn es denn sein muss.

Wir würden uns nur mit sehr viel Glück wieder treffen, sodass es also absolut Sinn macht, dass er mir sein Handynummer gibt. Aber bei Tinder?

Lieber WhatsApper

Du hast deine Nachrichten und Matches auf dem Handy gespeichert und kannst bei halbwegs schlauen 3G immer darauf zugreifen und Kontakt zu mir aufnehmen. Wenn du dich gerade im Internetfrei Nirgendwo aufhaltest, bringt dir auch meine Telefonnummer nichts, denn ich bezweifle sehr, dass du mich dann als erstes anrufen wirst.

Wieso willst du also nach ein paar kurzen Nachrichten meine Nummer und begründest das mit deiner Arbeit? Immerhin konntest du genauso während der Arbeit mich und wahrscheinlich hundert andere Damen nach rechts wischen, sowie Kontakt mit mir aufnehme. Was hat sich denn in den letzten fünf Sekunden an deiner Situation geändert?

Hast du gerade eine Wette mit deinen Kumpels am Laufen, wer mehr Nummern abbekommt? Oder gehörst du etwa zu denen, die mir diese Phallus-Bilder senden wollen?

Verbindung gelöscht, du wirst die Wette verlieren.

xxx

Deine Tinderin

Der Gefrustete

Das Foto ist okay und ich hab heute noch nichts Soziales getan, also schauen wir mal etwas genauer hin.

Ziemlich viel Text beim „über mich", aber vielleicht ist er sonst nicht so langatmig, sondern wollte nur gleich alles auf einmal mitteilen, sodass anschliessend keine Fragen entstehen. Die Mühe muss ja fast belohnt werden und Zeit hab ich auch. Also lese ich mich mal durch.

Zuerst ein paar Stichworte über ihn „Skaten, viel in der Natur..." klingt doch nicht so schlecht, auch wenn für mich männlicher Skater immer so ein metrosexuellen Tatsch haben. Aber irgendwas treibt mich heute an, einer armen Singleseele etwas Gutes zu tun. Hoffe ich doch, dass sich das auf mich zurückwerfen wird, wenn ich mal ein Ego-Booster brauche. Karma-Politur für Anfänger sozusagen.

Also lese ich weiter, doch jetzt wird's seltsam:

„Da ich mitbekommen habe, das Schweizer Frauen etwas gegen deutsche Männer haben, erwähne ich es gleich jetzt schon, damit du nicht unnötig meine Zeit verschwendest (...) und nur dreimal hin und her schreiben und anschliessend die Verbindung zu löschen ist Kindergarten"

So what? Okay, das mit den deutschen Männer ist zum Teil wirklich so, ich kenne viele Frauen die vorher Single bleiben als sich einen Deutschen zu angeln. Ich gehör nicht dazu, aber ich nehme an, dass diese Frauen einen berechtigten Grund dazu haben. Denn wir Frauen haben wirklich immer einen berechtigten Grund, wenn wir etwas tun oder eben nicht tun, ausser vielleicht bei Schokolade, aber da kompensieren wir meist eine andere Ursache.

Der zweite Teil ist mir ein grösseres Rätsel: Ich wisch dich nach rechts, weil der erste Eindruck ganz okay ist, wir schreiben uns ein paar Mal hin und her und stellen fest, dass wir nicht einen einzigen gemeinsamen Nenner finden, also für was noch Zeit investieren?

Wenn du eine Dame in einem Kaffee triffst, mit ihr fünf Worte wechselst und ihr merkt dass die Chemie einfach nicht passt, willst du dann auf Biegen und Brechen weiter mit ihr reden, selbst wenn sie sich schon längst dem hübschen Kellner zugewandt hat? Sei ein Mann, trage deine Niederlage mit Würde.

Das Ganze hat meine Sozio-Analytische-Ader geweckt. Und vor allem wollte ich den Namen der

Schweizer Frauen reinwaschen. Also schreibe ich ihm eine Nachricht in der ich noch frech erwähne, dass er Pech hat, weil ich weder rassistisch noch voreingenommen bin.

Seine Antwort beinhaltet ein Gejammer über alle Frauen, die er bis jetzt bei Tinder getroffen habe. Ich gebe nicht auf, schliesslich will ich ja noch über die dreier Grenze kommen. Ich muntere ihn auf und frag was er so in der Freizeit treibt. Endlich mal eine anständige Antwort mit Gegenfrage. Doch auf meine folgende Antwort, geht das negative Gerede weiter. Er will mir erklären wieso es ja so unglaublich blöd ist in ein Fitnessstudio zu gehen und er das alles schon längst hinter sich hat und alle die dahin gehen, sowieso irgendwie speziell sind und haben einfach keine Ideen, was sie sonst mit ihrer Freizeit anfangen sollen.

Ich bin gerne speziell, Verbindung gelöscht.

Lieber Gefrusteter

Es liegt nicht daran dass du aus Deutschland stammst und auch nicht an den Frauen mit Kindergarten-Verhalten.

Du gehst so negativ durch die Welt, dass du uns Frauen in Sachen schlecht-gelaunt-sein, sogar übertreffen würdest, wenn wir PMS, Migräne und Zuckermangel zusammen haben.

Das wäre noch so halbwegs erträglich, wenn du ein besonders guter Schauspieler wärst und wenigsten so tun würdest als ob du als gestandener Mann, diese grosse Last, die auf deinen Schultern liegt mit Leichtigkeit tragen kannst.

Aber nein, du bevorzugt es noch bei jedem x-beliebigen, der dich gerade einmal-nach-rechts-wischen-und-zwei-Nachrichten-senden lang kennt, dein Leiden kundzutun.

Das funktioniert so nicht. Wir sind die Frauen. Wir wollen jammern dürfen, denn wir sind das schwache Geschlecht. Klar wenn wir mal zehn Jahre verheiratet sind und du wegen eines Schnupfens kurz vor dem Ableben bist, darfst du jammern und heulen so viel du möchtest. Wir werden dir Suppe kochen und den Schweiss abtrocknen, weil wir dich lieben und nicht mit ansehen können wie du leidest.

Doch so weit sind wir noch lange nicht und ich bezweifle, dass du soweit kommen wirst, wenn du nicht anfängst ein bisschen Freude in dein Leben zu lassen.

Nichts für ungut, und viel Erfolg auf deiner Suche.

xxx

Deine Vier-Mal-Schreiberin und Fitness-Abo-Besitzerin

Der Komplimente-Macher

Ein Durchschnittsprofil, ganz nett, nicht so der sofortige Baam-Effekt. Aber vielleicht ist ja der Durchschnittstyp genau das was für eine Durchschnittsfrau das richtige ist, denn so fühl ich mich heute. Ich wische mal nach rechts und entscheide, dass ich ihm Antworten werde, wen er mich denn anschreibt. Für eine eigene Anschreib-Initiative reicht's nicht.

Die erste Nachricht ist viel versprechend. Ein bisschen Witz, viel Neugier und einige Fragen, die aufzeigen, dass er mein Profil wirklich studiert hat und nicht nur ein Nettes-Fotos-Entscheid gefällt hat.

Er fragt nach dem einen Foto, das während eines Wettkampfes aufgenommen wurde. Ich bin immer noch stolz auf meine Leistung und erzähle in kurzen Worten um was es ging. Er findet es super und ich bin gebauchpinselt.

Eine Lobesparodie prasselt über mich. Ich bin ja so stark, so fit, so diszipliniert, so überwältigend. Mein Körper (er hat nur ein paar Fotos gesehen auf denen ich meistens nicht mal ganz abgebildet bin) ist der Inbegriff von Schönheit, der Fitness und Weiblichkeit vereint.

Ich schein doch etwas mehr als Durschnitt zu sein, wenn ich seinen Worten so lausche. Noch ein paar Nachrichten lang, lasse ich mir mein etwas angeschlagenes Ego aufbessern, doch dann...

Aus! Ich mag, wenn man meine sportlichen Leistungen würdigt und wie jede Frau natürlich auch wenn ein Mann meinen Körper toll findet. Aber zu viel ist zu viel.

Lieber Komplimente-Macher

Ja, wir mögen es wenn wir gelobt werden und wir mögen Komplimente.

Doch wenn wir damit überhäuft werden, kommt sofort das Gefühl auf, dass da was nicht stimmt. Das da irgendein Haken ist, eine Leiche im Keller, sieben uneheliche Kinder mit acht verschiedenen Frauen, was ist es?

Nur weil du uns hundert Komplimente machst, öffnet das nicht automatisch die Tür zu unserem Herzen beziehungsweise unsere Beine.

Mach's gut und nie rückwärtsgehen, es könnte sein das du auf deiner eigenen Schleimspur ausrutschen würdest.

xxx

Deine meistens Empfängliche

Der Offene

Basketball, Fitness, Lehre – ich mag zwar keine grossen Männer, aber dieser hier entspricht genau meinem Beuteschema. Kurzgeschorene Haare, top Figur und ein markantes Gesicht.

Mein GPS-Signal sagt, dass er nur gerade Mal ein Kilometer vom mir entfernt ist. Ich frag ihn einfachmal in welche Richtung ich losmarschieren soll um ihm in die Arme zu laufen. Scheinbar kommt meine Frage an und es entwickelt sich ein Gespräch.

Es wäre auch möglich, dass ziemlich wenige Frauen die Erstschreiber-Initiative ergreifen und ich deswegen fast immer Antworten bekomme, doch ich möchte mir meine eigene Illusion nicht nehmen, dass ich einfach ein guter Fang bin. Und wieso soll in einer Welt, in der alle nach Gleichbereitung schreien, nicht auch mal die Frau diejenige sein, die den ersten Schritt wagt? Wer genau weiss was er will, sollte es sich auch nehmen dürfen, ohne dabei als Not-Lady-Like betitelt zu werden. Ich habe zudem festgestellt, dass Männer genau das sehr schätzen an einer Frau und sie somit in die Schublade „strak" stecken. Noch ein Vorteil, denn Frauen im besten Alter so mit sich bringen.

Er fragt mich tags drauf nach meiner Nummer, der Erste (!) und ich gebe sie bereitwillig her. Immerhin hat er brav geantwortet und scheint auch ein ordentliche Portion Humor mitbekommen zu haben.

Umso mehr freut es mich, als ich eine knappe Stunde nachdem ich ihm meine Nummer gesendet habe, die erste Nachricht von ihm auf dem Handy habe.

Ich lasse mir etwas Zeit mit antworten, obwohl es mich in den Fingern juckt. Er soll nicht denken, dass ich darauf gewartet habe und sonst den lieben langen Tag nichts anderes zu tun habe, als im Aufmerksamkeit zu schenken.

Wir schreiben uns den ganzen Tag, er fragt mich was ich denn bei Tinder suche, ich antworte wahrheitsgetreu, dass ich das so genau gar nicht weiss, aber gespannt bin, was so auf mich zukommt. Seine Antwort kommt sofort: „Ich bin offen für alles!" Das gefällt mir. Denn was hat meine geliebte Oma gesagt? „Sei offen für die Liebe, dann wird sie auch kommen." Er ist also noch perfekter als ich gedacht habe.

Er ist wie gesagt Lehrer und hat somit am Nachmittag frei und Zeit mir zu schreiben. Ich finde es äussert Aufmerksam als er mir sogar aus dem Fitnessstudio textet. Auf die Frage was er denn heute so trainiert, kommt ein Foto.

Er, in nicht zu stylischen, etwas verschwitzen Gym-Klamotten, vor dem Spiegel. Nicht diese übertreibe tief ausgeschnitten Shirts, bei denen man sich fragt, ob dies überhaupt noch als solches bezeichnet werden dürfen, sondere einfach ein weisses Baumwoll-Shirt ohne Ärmel. Das Handy in der einen Hand, der andere Arm angespannt, sodass man seinen Bizeps in voller Pracht sieht.

Ich habe mehre Minuten bis ich wieder atmen kann, geschweige denn bis ich meine Gedanken wieder auf meine Arbeit richten kann. Immer wieder öffne ich das Bild und zoome auf dem Bizeps. Ja, es dürfte schon etwas länger her sein, als ich das letzte Mal einen Bizeps abgeleckt habe und das ist gerade das einzig was ich machen möchte, das einzige woran ich noch denken kann.

Ich plane gedanklich bereits meine Hochzeit mit ihm im Tanktop auf Hawaii. Gebe unseren Kindern Namen und weiss jetzt schon dass sie wahrscheinlich mal Olympia-Medaillen-Träger sein werden. Wir sind für einander geschaffen, ich spüre es.

Und endlich stellt er die Frage aller Fragen: „Sollen wir uns mal treffen?" Ich würde am liebsten aufstehen und im in die Arme rennen, versuche aber ganz cool zu antworten, dass es mir heute nicht geht, obwohl ich eigentlich Gedanklich schon alles um geplant habe.

Wir einigen uns darauf, dass wir zwei Tage später etwas zusammen trinken gehen und ich beginne die Minuten zu zählen und mein Wohnung zu putzen, man weiss ja nie. Zudem verschicke ich sein Foto an meine Freundin und meinen Bruder, da ich meinen Liebsten ja meinen zukünftigen Mann vorstellen muss.

Tags darauf bloppt schon um sechs Uhr früh ein freundliches „Schönen Guten Morgen" auf meinem Telefon auf. Wie kann ein Tag besser starten? Ich schreib zurück und mach mich auf zur Arbeit, da ich heute ein wichtiges Meeting vorbereiten muss. Ich informiere meinen neuen Schatz in Spe natürlich darüber, damit er weiss, dass ich nicht im Sekundentakt antworten kann und sofort kommt ein trauriger Smiley zurück. Es muss Liebe sein.

Während der Arbeit sehe ich mein Handy blinken, ich versuch mich zu konzentrieren und drehe es um. Doch lange halt ich es nicht aus. Ich möchte wissen was er mir geschrieben hat.

Ein lauter Knall erschüttert das ganze Bürogebäude, als ich mit Tempo zweihundert vom siebten Himmel zurück auf den Boden der Tatsachen geklatscht bin.

„Sag mal, meinst du dass es deine Zunge mit meiner aufnehmen kann?"

Merke, auf die Frage „Was suchst du denn hier drin?" gibt es nur eine richtige Antwort: „nicht dich!". Denn diese Frage wird nur von solchen gestellt, die eben genau nur das eine suchen, auch wenn sie bei der Gegenfrage mit „ich bin offen für alles" antworten. Glaube ihnen nicht.

Lieber Offener

Ich kenne dich nicht, ich habe dich noch nie in meinem Leben gesehen, ich weiss so gut wie nichts über dich (ausser natürlich den zig Informationen, Bildern und Videos, die ich beim Stalkern von dir im Netz gefunden habe), und du willst mit mir Dirty-Talk per WhatsApp machen? Morgens um neun, während du 13jährige Kinder unterrichtest?

Musstest du wirklich mit diesem einen blöden Satz unsere so wunderschön geplante Zukunft zu Nichte machen? Konntest du nicht einfach warten bis wir uns das erste Mal geküsst hätten? Ich schwöre dir, du hättest Nachrichten von mir bekommen, von denen du heute noch träumen würdest. Und was noch viel besser ist, du hättest all das danach sogar noch live erleben dürfen.

Wieso konntest du denn nicht einfach dazu stehen, dass du nicht offen für alles bist, sondern eben nur das eine willst? Dann wäre deine Nummer vielleicht nicht sofort gelöscht worden, sondern ich hätte sie aufgehoben, ganz hinten in meinem Handy versteckt, für die Tage an denen ich wirklich sehr einsam bin und einfach ein bisschen Bestätigung brauche.

Küsse auf deinen Bizeps, mach's gut und schön offen bleiben.

Die Eintagsfliege

Mich chattet abends ein ziemlich gut aussehender Kerl an. Er wirkt etwas rebellisch mit seinen Tattoos auf dem Bild, auf dem er gerade mit dem Longboard einen Berg runter brettert.

Ich bin ein bisschen hin und her gerissen, ob ich ihm antworten soll, denn mein etwas risikobereiter Lebensstiel und zum Teil etwas mangelnde Bodenständigkeit, sollte doch besser von einem Mann begleitet werden, der mich zurück auf den Boden holt, als dass er mich in meiner Tagträumerei noch unterstütz.

Dennoch ziehen mich eben genau diese unvernünftigen Entscheidungen etwas mehr an, was wohl auch der Grund sein könnte, dass ich noch immer Single bin. Doch dieser Gedanke kommt mir eben meist erst relativ viel später, etwas zu spät.

Ich lasse mich also auf seine freche Bemerkung ein und vordere ihn zum Kampf. Relativ schnell wird klar, dass wir nicht nur den schwarzen Humor teilen, auch als ich ihm erkläre, dass ich heute im Büro versucht habe, den Türrahmen hochzuklettern findet er es absolut nachvollziehbar, das man ein solches Experiment mal machen sollte, auch wenn mein Chef gar nicht „amused" war, als er mich so in der Tür hängen sah.

Ein richtiger Schlagabtausch entsteht, der genau mach meinem Geschmack ist. Dazwischen werden ein paar Informationen gestreut, damit wir auch wissen mit wem wir es zu tun haben. Aber es hat nie diesen steifen Interview-Charakter, den einige an den Tag legen, weil ihnen einfach nichts besser einfällt, als nach meinem Job, meinem Wohnort und meinen Hobbys zu fragen.

Es ist bald Mitternacht und ich schreibe ihn, dass ich nun doch langsam meinen Schönheitsschlaf brauche. In solchen Momenten verabschiede ich mich immer gleich im selben Text, sodass ich am nächsten Tag die Möglichkeit habe auf das Letztgesagt von ihm einzugehen und eine neue Konversation zu starten, die kleinen Anlaufschwierigkeiten fallen so weg.

Am darauffolgenden Abend (ich würde ja niemals während der Arbeitszeit im Tinder rumspielen, da ich dann viel zu beschäftigt damit bin Türrahmen zu erklimmen), setzte ich mich also hin und beantworte seine letzte Nachricht.

Doch es kommt nichts, auch an den darauffolgenden Tagen ist er wie vom Erdboden verschluckt.

Liebe Eintagsfliege

Ich kann nicht mal behaupten, dass ich dein Handeln nicht verstehe. Ich chatte auch des Öfteren mit Herren, weil sie gerade da sind, ich eine extrem soziale Phase habe, nicht viel Besseres zu tun habe oder gerade irgendwo warten muss.

So kann es passieren, dass ich mich bei erneuter Kontaktaufnahme der besagten Herren nicht mehr dazu ermutigen kann zu antworten. Da ich meine beschränkt Zeit einteilen muss um eben genau denen Zeit zu schenken, die auf meiner Welle reiten.

Doch das sind Durchschnittstypen, die eigentlich nur einen Rechtswischer erhalten habe, weil ich auch ihnen mal eine Chance geben möchte oder denke, dass ich damit mein eh schon mittelprächtiges Liebes-Karma etwas aufbessern kann. Und die eben genau den richtigen Moment nutzen mich anzuschreiben.

Aber du, du hast hier die Chance mit mir zu chatten, vielleicht mein Traumprinz zu werden, der Mensch der mich auf Händen tragen darf zu sein, den Job einnehmen zu dürfen nach dem sich hunderte sehnen.

Wir haben uns super unterhalten, du hast sogar meine Nachrichten geliked und mit mir Sachen ausgemacht, die wir unbedingt mal zusammen ausprobieren sollten, da es einfach unglaublich witzig ist und eine Erfahrung fürs Leben, du aber noch nie annähernd eine Frau kennengelernt hast, mit der man solch skurrile Ideen auch umsetzten könnte.

Ich war diese eine Frau und du hast mich einfach in die soziale-Phase-mit-einer-Durchschnittsfrau-Ecke gestellt, die nur genau diesen einen Abend interessant war, sodass du nie erfahren wirst, wie es sich anfühlt mit der Liebe deines Lebens nachts einen Spaziergang über die Dächer von Stockholm zu machen, dabei in jeden Schornstein reinzurufen, dass es den Bewohner die Nackenhaare kräuselt aus Angst, dass sie von ihren verstorbenen Ahnen heimgesucht werden, dessen Erbe sie sich unter den Nagel gerissen haben.

xxx

Deine äussert beleidigte mehr-als-Durchschnittsfrau

Der Tourist

Den Touristen erkennt man sofort an seinen Fotos. Ein Foto ist vor dem Eiffelturm oder einem sonstigen architektonischen Meisterwerk, er ist braun gebrannt, seine Haare von der Sonne gebleicht. Ein anders Foto zeigt ihn an irgendeinem wunderschönen Strand mit der untergehenden Sonne im Hintergrund und mindestens eine Bild zeigt ihn, als er gerade irgendein Berg erklimmt.

Zudem ist sein Profiltext auf Englisch, das Wort "travalling" ist enthalten und er will, egal wo du her kommst, einen „Cup coffee" mit dir trinken gehen.

Chattest du mit ihm, wirst du von seiner weltoffen und spontanen Art begeistert sein und dir wünschen ein bisschen mehr wie er zu sein.

Nicht das mir mein Leben das ich mir aufgebaut habe, mir nicht gefallen würde. In meiner Wohnung im Shabby-Chic-Stiel fühle ich mich wohl und schon der Gedanken daran, in irgendeinem Hostel in Thailand morgens mit zwanzig Backpackern den Waschraum teilen zu müssen, lässt mich Lippenherpes kriegen.

Aber einfach ein bisschen von dieser Freiheit und Unbekümmertheit würde ich doch gerne von ihm ab haben. Nicht für die nächste drei Monate durchgeplant sein, sondern einfach ein bisschen in den Tag hinein leben und zu wissen, dass alles sein Lauf nehmen wird und genauso sein muss wie es kommt.

Ich entscheide mich für links, denn ich habe die dreissig längst überschritten und weiss so einiges über diese Typen mit dem strahlenden ansteckendem Lächeln, dass nichts erschüttern kann.

Lieber Tourist

Wir suchen hier unsere Liebe des Lebens und sind nicht hier um dir eine gratis Schlafgelegenheit zu bieten, am besten noch mit „Abendunterhaltung".

Denn du wirst unser Herz erobern mit den Geschichten wie du in der Wüste den Sinn des Lebens gefunden hast, wie du mit Dalai Lama um Gebetstrommel getanzt bist, um für den Weltfrieden zu beten, oder diesem einen Moment in der Serengetie als der Löwe drei Meter vor dir stehen blieb, dich nur anschaut, von dannen zog und dir zeigte, dass sie eigentlich die besseren Menschen sind als wir. Wir werden deinen Worten lauschen und von deiner Art beeindruckt sein.

Du wirst uns versprechen, dass wir zusammen die Welt erkunden werden, um am nächsten Morgen deine Kleider einzusammeln, die wir natürlich noch für dich gewaschen haben. Sie in deine Koffer packen um weiter zu ziehen, zu deiner nächsten Schlafgelegenheit irgendwo auf dieser Welt, ohne einen weiteren Gedanken an uns und unser gebrochenes Herz zu verschwenden, dass du zurücklässt.

Nein, kein rechts für Traveller, und mal so nebenbei, hast du in deinen Ferien echt nichts Besseres zu tun als auf Tinder rum zu lungern?

Travel save und viel Glück auf deiner Suche nach der nächsten Schlafgelegenheit.

xxx

Die mit dem fixen Job und durchgeplantem Leben

Das Zauberwort

Ich habe ein Foto in meinem Profil, das mich bei einem Wettkampf zeigt. Frau will ja zeigen, dass sie sportlich und zielstrebig ist.

Für die meisten ist es einfach nur ein Sport-Bild, doch ein paar wenige Exemplar wissen um was es sich dabei genau handelt. Um das erkennbar zu machen braucht es nicht lange Lobgesänge bezüglich meiner Leistung, obwohl ich auch für diese sehr empfänglich bin. Aber es braucht eigentlich nur dieses eine Wort. Der Schlachtruf eines jeden Teilnehmers, der schon einmal an diesem Wettkampf teilgenommen hat.

Ich wische so vor mich hin, schreibe meine Matches nicht an, da ich grad so in mach-du-mal-Laune bin und schaue ab und an mal in meine Nachriten ob sich da etwas tut. Links, rechts, links, links, links, rechts, gucken und das Ganze wieder vorne.

"Aroo!" einfach nur dieses eine Wort, genannter Schlachtruf. Mein Herz macht Freudensprünge. Ein Gleichgesinnter, ein Versteher, einer der vielleicht genau denselben Knacks hat wie ich? "Aroo, aroo, aroo - endlich!" Ich muss meine Freude einfach mitteilen. Innert fünf Minuten habe ich mit diesem Spartaner (so nennen wir uns) mehr gemeinsame

Interessen gefunden, als mit manchen mit denen ich seit Wochen chatte.

Die Nachrichten kommen im Sekundentakt, wir komme gar nicht nach mit antworten, da sobald das nächste Thema angeschnitten wird, gleich die Gemeinsamkeiten aufpoppen. Wir können uns nur wieder und wieder erklären, wie sehr wir doch genau dasselbe denken, machen, essen, trainieren. Das dauert fast die ganze Nacht durch, obwohl wir doch beide den Schlaf bräuchten für das morgige Trainingsziel und dann kommt der Moment, in dem er dir mitteilt, dass sein nächstes Rennen in Kitzbühl stattfindet. Genau dieser Wettkampf auf den du dich seit Wochen in Höchstform bringst, auf den du dich so sehr freust und der dir so viel Zeit raubt, auch die Zeit die du eigentlich in das Projekt "Liebe" investieren wolltest.

Ja, wir sind jetzt Facebook-Freunde und werden uns an der Ziellinie treffen, uns feiern und uns zusammen verdammt gut fühlen. Wenn das mal nicht ein guter Start zum Kennenlerne ist, was dann?

Insider goes right!

Obwohl, ob so viel Gemeinsamkeiten wohl gut ist?

Der Göttliche

Ich steh auf Autos und deshalb schreckt es mich nicht automatisch ab, wenn auf einem der Bilder ein Foto ist auf dem der zukünftige Mann fürs Leben mit einem hübschen roten Sportwagen abgebildet ist. Solange da noch ein Foto von ihm mit dabei ist, das ihn in Jeans und T-Shirt zeigt ist alle okay. Also mal weiter blättern und siehe da: Blue-Jeans, White-Shirt und Sneakers.

Ich würde mich auch vor einem Tesla fotografieren lassen, wenn ich die Chance dazu hätte oder besser den Mut den Besitzer zu fragen. Ob ich es dann in meinem Profil stellen würde, weiss ich nicht, ich will ja nicht dekadent wirken. Aber vielleicht ist er neu bei Tinder und hat einfach noch nicht verstanden, dass man die Bilder die automatisch von Facebook hochgeladen werden auch löschen kann, ging bei mir ja auch einen Moment.

Wir beginnen zu chatten und er erklärt mir dass er mit seinem besten Kumpel das Sportwägelchen gekauft hat um diesen an solche zu vermieten, die gerne mal ein Wochenende etwas gehobener unterwegs sein möchten. Er sieht es als Investition, die sich schon nach kurzer Zeit amortisiert hat und gewinnbringend sein wird, sodass sie sich einen zweiten anschaffen werden, mit dem sie das gleich machen, bis sie eine ganze Flotte von Luxus-Boliden besitzen.

Ich hab auch mein Wirtschaftsstudium auf zweitem Bildungsweg abgeschlossen, aber das klingt nach ein bisschen mehr. Das er mir nicht gleich seine Bilanzen zeigt, liegt wohl nur daran, dass man auf Tinder keine Dokumente hoch laden kann.

Es stört mich nicht, ich chatte weiter. Vielleicht liebäugle ich auch einfach irgendwo ganz tief drin, auf der dunklen Seiten meines Charakters, damit mal ein bisschen sein Flotte ausfahren zu dürfen und dass ohne einen halben Monatslohn dafür ausgeben zu müssen.

Als er mich in das edelste Café der ganzen Stadt einlädt, hätte ich vielleicht etwas stutzig werden sollen. Aber es fühlt sich toll an, etwas von diesem Glamour abzubekommen.

Angekommen nimmt er mir die Jacke ab, zieht meinen Stuhl zurück und bestellt für uns beide ein Glas Wein, von dem ich gerne wissen möchte, was es koste, mich aber nicht getraue zu fragen. Vielleicht hätte ich doch ein bisschen mehr als Jeans und T-Shirt anziehen sollen unter meiner Lederjacke, die einen Used-Styl hat, weil sie eben auch schon ziemlich „geused" ist. Ich brauche das alles gar nicht, ich hätt auch eine Cola Zero genommen, aber jeder so wie er es verdient hat.

Wir kommen auf seine Job zu sprechen. Er ist irgendwas ganz tolles bei einer Bank. Seine Erzählungen sind ziemlich ausführend und ich versteh langsam, dass diese Bank, die rund zehntausend Angestellt hat, ohne sein zu tägliches tun, längst bankrottgegangen wäre.

Ich grinse so vor mich hin, weil wiedermal meine Phantasie mit mir durchgeht, beim Gedanken an den roten Sportwagen. Doch er deutet es als ein Lächeln, dass seiner beruflichen Leistung Respekt und Ehre zollt. Ein Lächeln, dass ihn zu mehr motiviert.

Er will mir bildlich erklären, wie seine Stellung im Leben so ist. Er zeigt mit der einen Hand in die Luft und sagt „Hier ist Gott" er fährt mit der anderen Hand ein paar Millimeter darunter und meint dann: „und hier stehe ich".

Ich pruste fast den ganzen überteuerten Wein aus, weil ich so lachen muss. Wir lachen zusammen über seinen Witz, ich etwas ausgelassener als er, und auf einmal kommt mir wieder meine Oma in den Sinn: „In jedem Witz, steck ein Quäntchen Wahrheit". Vielleicht der Grund wieso er nicht so ausgelassen lacht.

Lieber Göttlicher

Geld regiert die Welt, aber nicht mich. Ich bin zum Glück in der Lage in der ich mein Leben ganz gut mit meinen eigen verdienten Geld regeln kann. Auch wenn es nur zu einem SUV reicht.

Weisst du, was ich schade finde? Zwischen durch hat dieses kleine bisschen Menschlichkeit in dir aufgeblitzt.

Der kleine Junge in dir, der immer einfach nur mit dem roten Sportwagen spielen will und vielleicht ein bisschen Lob braucht für die guten Noten, die er nachhause bringt.

Ein bisschen mehr davon und ein bisschen weniger Gottesvergleiche würden dir und deiner Suche nach einer First Lady sicher gut tun.

Ich werde den kleinen Roten vermissen.

Mach's gut.

xxx

Deine Menschliche

Der Soldat

Eine Übereinstimmung mit einem hübschen dunkelhaarigen Südeuropäer. Heute absolut passend, der Frühling kommt und ich bin in Flirtlaune. Ich ergreife wieder Mal die Initiative und haue in die Tasten. Er gefällt mir, deshalb gebe ich mir richtig Mühe. Ich gehe davon aus, dass er von diversen Frauen in Flirtlaune angeschrieben wird und zwischenzeitlich hat sich bei mir so eine Art Ehrgeiz entwickelt, dass ich, wenn ich schon schreibe, eine Antwort erwarte.

Es hat funktioniert, er schreibt mir zurück und es entwickelt sich ein Gespräch. Auf einmal kommt eine unerwartete Nachricht in der er mir mitteilt, das er mir was gestehen muss.

Ich bin auf eigentlich alles gefasst, zum einen bin ich wirklich eine offene Person mit einer blühenden Phantasie, zu anderen überrascht mich nach ein paar Tagen auf Tinder irgendwie gar nichts mehr. Beziehung? Homosexuell und trotzdem mal Lust auf eine Frau? Transgender? Erzähl es mir.

Er gesteht mir, dass er auf Grund seines Jobs Fake-Bilder auf seinem Profil hat.

Ich gehe schon länger davon aus, dass ich mindestens die Hälfte aller User im richtigen Leben nicht erkennen würde, weil die Fotos zehn Jahre alt sind oder aus einem früheren Leben stammen. Trotzdem wäre ich in diesem Moment mit einem Homo-Geständnis irgendwie besser zu Recht gekommen. Ich fühle mich betrogen.

Ich bin schon dabei die Verbindung zu löschen als eine äusserst süsse Nachricht kommt, in der er sich entschuldigt und sich versucht zu erklären. Er ist bei der Militär-Polizei und scheinbar sind die Kollegen da echte Schweine, wenn sie so etwas rausbekommen. Ihm wäre es nicht peinlich online nach einer Frau fürs Leben zu suchen, doch es müsse nicht den ganzen Tag Thema sein.

Er hat mich wieder und er schlägt mir vor, dass er mir per Email oder einem Handy-Nachrichtendienst ein paar Fotos von sich schickt, damit ich mir ein Bild von ihm machen kann.

Jeder hat eine zweite Chance verdient und ich gebe ihm meine Nummer. Die Bilder kommen und ich bin sehr erfreut. Denn der Typ auf den Fotos, hatte nichts von einem Gigolo. Er ist ein hübscher gutgebauter Mann mit kurzen Haaren und sportlich elegantem Kleidungstiel.

Soeben hat er sich vom Frühlings-Flirt zu einem echten potenziellen Frühlings-Liebling gemausert.

Wir unterhalten uns per WhatsApp die ganze Woche lang, mal scherzen wir, mal geht es um ganz ernsthafte Themen und manchmal schickt er einfach nur ein kleines Lebenszeichen, wenn ich gerade ein bisschen Aufmerksamkeit brauche.

Wir verabreden uns auf Freitagabend und ich kann es kaum erwarten ihn endlich persönlich kennen zu lernen.

Wir treffen uns in einem Kaffee am See, nach ein bisschen Startschwierigkeiten beginnt er von sich zu erzählen.

Er erzählt vom Krieg, er war im Nahenosten. Nicht ganz mein Thema, da ich eher pazifistisch veranlagt bin. Aber es gehört nun mal zu ihm, dass wusste ich bereits.

Ein bisschen Mühe bekomme ich, als er mir von Einsätzen erzählt, in denen er die örtliche Grenzwache unterstütze und sie eine scheinbar betrunken Frau über den Boden schleifen mussten weil sie so aggressiv war. Das gibt's, aber er lacht während dem er die Geschichte erzählt sehr ausgelassen, so als ob er von einem lustigen Katzenvideo erzählt.

Ich versuch das Thema zu wechseln und erzähle ein paar Worte von meiner Familie. Ich finde es mittelungswert, dass er weiss wie wichtig mir meine Familie ist. Doch ich komme nicht weit mit erzählen. Er fällt mir ins Wort und erzählt von seinen Brüdern, seiner Mutter und seiner Abstammung.

Ich lächle freundlich und versuche ab und zu auch ein paar Brocken einzuwerfen, doch wenn ich mit reden beginne, wendet er den Blick ab und studiert die Gegend.

Ist er so nervös? Ich frage ihn etwas und schon ist er wieder voll bei mir, er erzählt und erzählt und erzählt. Hier läuft gerade etwas total schief, wo ist nur der verständnisvolle Kerl hin mit dem ich die ganze Woche gechattet habe?

Egal, ich muss hier weg, wenn ich noch eine blutige Geschichte aus irgendwelchen fragwürdigen Einsätzen höre laufe ich noch selber Amok.

Ich entschuldige mich kurz um auf die Toilette zu gehen, der Freundin-Joker muss her. Ich schreibe ihr, dass sie mich in fünf Minuten anrufen soll mit irgendeiner Geschichte, bei der ich sofort den Ort des Geschehens verlassen muss.

Gesagt getan. Vier Minuten und fünfzig Sekunden später klingelt mein Telefon. „Ich hab meinen

Hauschlüssel verloren und steh vor verschlossener Haustür, kannst du mir bitte den Reserveschlüssel bringen, der noch bei dir zu Hause liegt?"

Natürlich mach ich das. Ich erkläre dem Soldaten nochmals die verzwickte Situation obwohl ich bereits am Telefon alles dreimal wiederholt habe, damit er mitbekommt, was gerade abgeht und bin schliesslich schneller weg, als das er mir seine Begleitung anbieten kann.

Zuhause angekommen versuche ich meine Gedanken zu ordnen. Ich brauche noch etwas frische Luft und schnapp mir deshalb mein Hund um noch eine kleine Runde zu drehen.

Zurück zu Hause sehe ich wie mein Handy blinkt. Meine Freundin wird wissen wollen ob es funktioniert hat und ich dem Horror-Date entfliehen konnte.

Ich prüfe meine Nachrichten, doch es ist nicht meine Freundin. Er ist es, er sagt wie toll er doch den Abend gefunden hat und er schon richtig gespannt darauf ist mehr von mir zu erfahren.

Mehr?

Lieber Soldat

Ich kenne nun deinen ganzen Stammbaum, inklusiv allen ersten und zweiten Vornamen deiner direkten Verwandten. Ich weiss wie deine erster Hund geheissen hat und die Farbe seines Lieblingsspielzeuges war.

Ich kenne deinen kompletten privatwirtschaftlichen und militärischen Werdegang und habe sogar eine Kurzschulung in Sachen Abzeichen und Rängen erhalten. Gespeichertes Wissen in meinem begrenzten grauen Zellen, das mir in meinem weiteren Leben wohl nie wieder hilfreich sein wird.

Doch was ist mit dir, habe ich Geschwister? Welchen Job habe ich? Wie ist mein zweiter Vorname? Habe ich einen Hund? Wenn du nur eine dieser Fragen beantworten kannst, dann hast du eine zweite Chance verdient. Doch du wirst keine Antworten haben, du weisst nicht mal genug über mich, um die Antworten zu googlen.

Ein Pazifist kann sich auf einen Soldaten einlassen, doch eine Frau wird sich niemals auf einen Mann einlassen, der ihr in keiner Art und Weise zuhört.

xxx

Deine Pazifistin

Der Schüchterne

Ach, wiedermal einen Nachbarn gefunden. Laut GPS-Signal muss er irgendwo in der Gegend wohnen. Ich mag solche Matches, da sich der Zeitaufwand für ein erstes Date sehr im Rahmen hält und auch in mein etwas zu durchgeplantes Singleleben passt. Ich muss nicht zuerst alle Termine verschieben um mich mit ihm zu treffen, es lässt sich ganz einfach mit einer sowieso anstehenden Runde am See, mit dem Hund verbinden.

Wir treffen uns wie abgemacht auf einem Parkplatz am See. Er ist genau wie auf den Fotos. Nicht zu klein und nicht zu gross. Gut angezogen, nicht zu edel, nicht zu trendy aber trotzdem lässig.

Wir spazieren über zwei Stunden zusammen dem romantischsten Sonnenuntergang überhaupt entgegen. Wir unterhalten uns wunderbar. Ich rede ein bisschen mehr als er, doch wenn ich ihn etwas frage, antwortet er ausführlich und mit kleinen Anekdoten.

Eigentlich mag ich gar nicht nachhause gehen, doch nach langsam wird's kalt und ich müsst ja morgen wieder fit sein für die Arbeit, also steuern wir den Parkplatz an.

Wir sind beide irgendwie nicht bereit den Abend enden lassen zu wollen und unterhalten uns solange weiter bis wir beide schlotternd dastehen.

Die Verabschiedung naht, er kommt mir etwas unbeholfen näher, drückt mich und wünscht mir eine gute Nacht. Ich finde es süss, dass er nicht gleich mit der Tür ins Haus fällt.

Er ist Bäcker, deshalb hab ich bereits beim Aufstehen eine Nachricht von ihm und freu mich wie ein Kecks.

Er schreibt, dass es ein toller Abend war und absolut wiederholenswert, ich bin seiner Meinung und wir verabreden uns auf zwei Tage später. Wir gehen zusammen etwas trinken und haben erneut einen tollen Abend. Die Verabschiedung gleicht der ersten nur hält er mich etwas länger im Arm und ich geniesse es.

Kaum zuhause angekommen, wird alles ausführlich meiner Freundin berichtet und wir diskutieren darüber, ob es wohl mehr Sinn macht, dass ich zu ihm ziehe im angebauten Hausteil seiner Eltern oder etwas mehr Distanz vielleicht das Zusammenleben erleichtern würde. Immerhin, könnten sie auch vorbeikommen um ihre künftigen Enkelkinder zu sitten, wenn wir mal ein bisschen Zeit für uns brauchen.

Am nächsten Wochenende geht er für zwei Wochen in die Radferien nach Frankreich. Zwei Wochen können richtig lang sein, in zwei Wochen können richtig viele junge Frauen in knappen Radlerhosen an ihm vorbei flitzen.

Ich bin nicht so der eifersüchtige Typ, aber was meins ist, ist nun mal meins.

Ich stecke geschäftlich in einem riesen Projekt drin, dass es mir kaum möglich macht, mal vor acht Uhr abends das Büro zu verlassen und wenn dann nur um zu Hause bis um Mitternacht weiter zu arbeiten. Eine Lösung muss her.

Kaum hab ich meine Situation erklärt, kommt er mit einem super Vorschlag: „Etwas essen musst du sowieso, wieso kommst du nach dem Arbeiten nicht zu mir, ich koch uns was, während du weiter arbeiten kannst, wir essen gemeinsam und ich mach anschliessend die Küche und den Abwasch!"

Hab ich hier wirklich den Jackpot gewonnen? Ich bin verliebt, er ist perfekt, er versteht meine Probleme und hilft zur Lösung ihrer bei. Gibt es etwas dass sich Frau mehr wünscht?

Gesagt getan, ich treffe um acht bei ihm ein und es steht das perfekte Männerdinner auf dem Tisch. Reis, Fleisch und Gemüse aus der Tiefkühltruhe. Mein Herz geht auf, denn genau wie skatende Männer, haben Männer, die nicht gelernte Köche sind, aber ohne Probleme ein Fünf-Sterne-Menü aus dem Ärmel schütteln, für mich ein bisschen einen seltsamen Beigeschmack. Also die Männer, nicht das Essen.

Wir essen zusammen und die Arbeit ist innert Sekunden vergessen, es ist mir egal wenn ich die nächsten Tage vierundzwanzig Stunden durchackern muss, mein Traumprinz ist ja eh in den Ferien.

Zusammen gehen wir in die Küche und machend den Abwasch. Hundert Situationen, in denen er mich einfach zu sich hinziehen hätte können und ich wäre sein gewesen, doch es geschieht nichts. Langsam lässt mich das Ganze etwas ungeduldig werden und ich muss immer genau an die Schublade ran, vor der er gerade steht und dreh mich dann genau in dem Moment um, in dem er hinter mir steht. Nichts!

Mein Tanz dauert gefühlte Stunden an und es ist bei mir beinahe eine Wettkampfsituation ausgebrochen, in der ich so viele Berührungen von ihm erkämpfen möchte wie möglich:

Er drippelt nach links, das Glas schon fast im Gestell, ich tauch unten drunter und komme direkt vor ihm zu stehen. Wieder nichts.

Irgendwann wird mir das Ganze zu blöde und ich setzte mich erschöpft mitten aufs Sofa. Er kommt zu mir. Endlich! - denke ich mir, doch er setzt sich in den mir entferntesten Winkle seines Wohnzimmers um sich ein bisschen mit mir zu unterhalten.

Ich steh auf und erklär ihm, dass ich jetzt noch arbeiten gehen muss und wir uns nach seinen Ferien wohl wieder sehen werden. Ich weiss, dass es eine Lüge ist, schäme mich ein bisschen, doch ich will ihm auch nicht die Ferien verderben.

Lieber Schüchterne

Ich gehör wirklich nicht zu den Frauen, die der Meinung sind, dass jede noch so kleine Initiative von einem Mann auskommen muss. Ich halte auch nichts von dieser 80:20 Regel, dass er 80% des Weges machen muss und die Frau die restlichen 20% um ihre Zustimmung zu zeigen.

Wir sind im 21 Jahrhundert, alle schreien nach Gleichberechtigung, ich schreie nicht nur danach, ich lebe danach. Es macht mir nichts aus als erste zu schreiben, oder einen Mann anzulächeln oder gar anzusprechen, der mir gefällt. Ich bin absolut für ein 50:50 zu haben.

Und um Ganz ehrlich zu sein, hattest du mich nach deinem Abendessen sogar bei 20:80. Aber diese 20% muss du schon bereit sein mir entgegen zu kommen.

Ich möchte mich doch wenigstens ein bisschen wie eine Lady fühlen und erobert werden. Obwohl es bei 20% wirklich nicht mehr viel zu erobern gibt.

Ich wünsch dir alles Gute mit deiner Zukünftigen in knappen Radlerhosen, die eine klare 0:100 ist.

xxx

Deine Initiantin

Der Bürolist

Ich bin im Umzugsstress und in drei Tagen geht's zudem noch in die Ferien. Nicht gerade die beste Zeit um sich zu verlieben, doch ich bin es meinen Tinder-Matches ja schuldig wenigstens ab und zu vorbei zu schauen.

Der hübsche Italiener hat mir wie fast jeden Tag in den letzten Wochen ein paar Zeilen gesendet. Er schreibt nicht gerade tiefgründig oder äusserst witzig, aber er ist beständig und aufmerksam. Und diese Augen, tief schwarz mit Wimper auf die sogar Naomi Campell eifersüchtig wäre.

Ich schreib ihm kurz ein paar Zeilen zurück, natürlich mit der Info, dass ich bald in die Ferien gehen werde und so kaum noch auf dem Portal zu finden sein werde. Er bedauert es sehr und meint, dass ich nach den Ferien so viele neue Nachrichten haben werde, dass ich gar nicht dazu kommen werden ihm zu schreiben. Schön wär es, aber das wird kaum der Fall sein, doch mir ist schon klar worauf er aus ist. Ich gebe ihm also meine Nummer, da ich seinem imaginären Hundeblick nicht wiederstehen kann und so wenigsten jemandem, den es scheinbar interessiert, meine hübschen Ferienschnappschüsse zusenden.

Wir schreiben uns in den Ferien regelmässig hin und her. Ich lass mir die Sonne auf den Pelz scheinen und da ist so ein bisschen Flirten genau, das was noch dazu passt.

Er fragt mich nach einem Treffen nach meiner Rückkehr. Eigentlich habe ich ja gar keine Zeit, denn ich muss noch den Rest meines Zeuges in die neue Wohnung verfrachten, bevor ich wieder arbeiten muss. Aber wieso nicht zwei Fliegen mit einer Klappe erwischen?

Ich erzähl ihm von meinem Dilemma, dass ich eigentlich sehr gerne mit ihm ein bisschen am See entlang spazieren würde, wäre da nicht noch mein sperriges Bett, dass in den dritten Stock, ohne Lift, geschleppt werden müsste.

Ein wahrer Gentleman, er macht das einzige richtige und bietet seine Hilfe an. So ein bisschen körperliche Betätigung und Hand- in Handarbeit, für das erste Date hat doch auch etwas. Wir machen ab, dass ich ihn am Bahnhof abholen komme.

Er steht am Bahnhof mit einem Strauss Rosen in der Hand. Ich habe ein bisschen ein schlechtes Gewissen, den er scheint das Ganze irgendwie etwas ernster zu sehen als ich es tue, freu mich aber trotzdem.

Ich begrüsse ihn und er steigt in mein bereits vollgeladenes Auto. Vor meinem Haus angekommen, beginnen wir zusammen das Bett auszuladen und in den dritten Stock zu trage.

Als wir alles oben haben, fragt er mich, ob er mir das Bett auch noch aufbauen soll. Ich habe einen technischen Beruf gelernt und ich hätte das Bett in ein paar Minuten aufgebaut, doch ich weiss dass es Männern eine Freude bereit, wenn sie mit ihrem handwerklichem Geschick angeben könne. Und irgendwie macht das einen Kerl doch so richtig sexy.

Eine Stunde später würde ich ihm liebsten den Akkuschrauber aus der Hand reisen und die restlichen dreissig Schrauben selber rein rattern. Wenn er nochmals ums Bett herum wandert, sich dabei am Kopf kratz und fragen auf die Löcher starrt, werde ich mich nicht mehr zurückhalten können. Ja, Winkel mir Schraube am Bett befestigen, so komplizier kann es nun wirklich nicht sein.

Mir meiner Geduld ist es nicht sehr weit hergeholt, ich weiss, aber der Moment in dem er die Schraube zum dritten Mal falsch ansetzt und immer noch nicht verstanden hat welchen Hebel er am Akkuschrauber bedienen muss, ist meine Libido gestorben. Tot, einfach Weg, nichts mehr.

Lieber Bürolist

Du hast nichts dafür, dass ich bin wer ich bin. Du kannst nicht wissen, dass ich schon mit 14 Jahren mein Mofa komplett selbst zerlegt habe und ich es nach dem Aufbau auch mit fünf fehlenden Schrauben wieder zum Laufen brachte.

Für mich bedeutet Mann-Sein nicht viel Geld zu verdienen, sondern jemand der mich beschützen kann und wenn es nur vor einem bösem Akkuschrauber ist.

Irgendwo da draussen ist eine Frau, für die deine beiden linken Hände wie zwei Gottesgeschenke wirken werden, da ihre noch viel unbegabter sind als deine.

Ich wünsch dir nur das Beste für deine Zukunft und einen Heimwerkerkurs.

xxx

Deine Technikerin

Der Jüngling

Meine Freundin und ich habe ein neues Hobby. Es nennt sich parallel-tindern und ist relativ einfach:

Handy auf Lautsprecher schalten, App öffnen und sich amüsieren. Ich weiss, unser Karma in Sachen Liebe sammelt so sicherlich tausende von Minuspunkten, aber wir haben echt eine tolle Zeit dabei, wenn wir uns die schrägsten Tinder-Benutzer gegenseitig zuschicken. Solche Parallel-Tinder-Session können gute und gerne mal mehrere Stunden dauernd.

Wir wischen also so vor uns hin und auf einmal kommt auf meiner Seite, dass ich am Ende angelegt bin. Keine weiteren möglichen Matches mehr die meinen Suchkriterien entsprechen!

Ich bin immer noch Single, ich habe meine grosse Liebe noch nicht gefunden und jetzt sagt mir Tinder, dass ich sie auch nie finden werde, da es einfach niemanden gibt?

Meine Freundin sieht es etwas pragmatischer als ich und meint ich soll doch meine Suchkriterien anpassen, damit ich weiter auf das grosse Glück hoffen kann.

Ich finde den Vorschlag akzeptable. Nur was soll ich erweitern? Meine GPS-Range, sodass ich auch Männer aus weiter entfernten Regionen sehe? Möchte ich eigentlich nicht, da mir die Zeit sowieso fehlen würde, eine Beziehung einzugehen und wenn das jedes Mal noch mit zwei Stunden Fahrt verbunden wäre, würde es wohl bereits im den Anfängen scheitern, ich kenn mich und meinen Kompromisswillen in Sachen nicht-zuhause-schlafen.

Also das Alter. Ich bin 35 Jahre alt und habe die Settings nie verändert. Tinder hat mich somit in die Altersgruppe 28-49 eingestuft. Ich wundere mich etwas über die 49, da ich das schon als ziemlich alt empfinde, also werde ich die Bandbreite nach unten öffnen.

Damen, die sich im besten Alter junge Männer angeln sind ja sowieso gerade in. Und Madonna hat uns gelernt, dass sie zwar nicht wissen was sie tun, dass aber die ganze Nacht lang tun. Klingt verlockend, deshalb bin ich mal grosszügig und setzte das Mindestalter auf einundzwanzig. Ich möchte doch wenigstens in unseren Filterwochen auf Hawaii ein Bier mit ihm trinken können.

Der erste der mir vorgeschlagen wird, ist nicht nur bestechend gutaussehend, sondern hat auch eine

Verbindung zur jüngeren Schwester meiner Freundin. Das muss ein Zeichen sein.

Ich schiebe ihn nach rechts, nachdem mir meine Freundin erklärt hat dass er irgendwie süss ist. Man merkt zwar sein junges Alter seinem Verhalten an, aber das kann ja auch ganz erfrischend sein.

Ich bekomme kein Match, aber es wird wohl daran liegen, dass er nie ans Ende seiner Tinder-Liste kommen wird und so seine Suchkriterien erweitern muss.

Ein paar Tage später, werde ich zu einer Party eingeladen von der Schwester meiner Freundin, mit dem Hinweis, dass besagter Kerl auch vor Ort sein wird. Das Buschtelefon schein hervorragen zu funktionieren.

Mein Tinder-Profil ist bestechend, doch meinem Charme im realen Leben kann keiner lange wiederstehen. Ausser natürlich die paar hundert, die ich auf diversen Partys kennengelernt habe, meine Nummer erhalten haben und sich nach dem ausnüchtern nie mehr gemeldet haben.

Doch davon lass ich mich nicht unterkriegen. Denn ich habe meinen Charme ja noch nie bei deutlich jüngeren Herren ausprobiert.

Drei Tage vor dem Fest beginnen also meine Vorbereitungen mit Gesichtsmasken und Cremes, die einen sofortigen straffend Effekt haben und mich nach einmal auftragen um mindestens zwanzig Jahre jünger machen. Nicht dass ich es nötig hätte, aber ich will danach ja nicht sagen müssen, ich hätte nicht alles versucht.

Die Gesichtsmasken und ein paar eindeutiger Schuppser und Tipps von meinen Freunden, in die Richtung des Jünglinges, bringen den gewünschten Erfolg und er bitte mich nach draussen, da er sich mal gepflegt mit mir unterhalten möchte.

Zu unterhalten gab es nicht sonderlich viel, da er scheinbar doch in einer etwas anderen Welt lebt als ich das tue. Doch der Weg und die teuren Cremes sollen nicht umsonst gewesen sein. Ich gebe ihm also eindeutig zu versteh, dass wenn wir schon hier draussen sind, die Zeit auch sinnvoll nutzen könnten.

Nach drei Versuchen wird es mir zu Aufwendig und ich werfe meine 50:50 Methode über den Haufen und gehe zu 10:90 über, in dem ich ihn am Bund der Jack schnappe und zu mir runter ziehe.

Endlich hat er verstanden was das Ganze soll und tut eben genau das wovon junge Männer keine Ahnung haben sollen, es aber die ganze Nacht lang tun. Ich war überrascht, dass seine Ahnung durchaus vorhanden war. Als er mir zwischen drin erklären will, dass er sehr viel für ältere Damen übrig habe, schaue ich dazu, das er gar nicht mehr zu Wort kommt, denn einen ältere Dame bin ich nun wirklich nicht.

Nach ein bisschen Zungenakrobatik, werde ich reingerufen. Meine Freundin hat sich in ihrer Einsamkeit dem Alkohol gewidmet und sieht fürchterlich aus. Ein Nickerchen in meinem Auto hilft ihr nicht sonderlich weiter, sodass mir nichts anderes übrig bleibt als sie nach Hause zu fahren.

Ich wende mich meinem Jüngling zu und erkläre ihm die Situation, worauf er um meine Handynummer bittet, damit wir bei Gelegenheit dort weiter machen können wo wir aufgehört haben.

Er wird nicht mein Prinz für die Ewigkeit sein, aber wieso nicht die Wartezeit auf den Richtigen mit dem Falschen etwas angenehmer gestalten?

Die halbe Mannschaft hat sich zwischenzeitlich draussen versammelt, da dort wesentlich mehr Action geboten wurde als drinnen. Wir schleppen also meine Freundin ins Auto und ich versuche möglichst cool und flott aus meiner Parklücke raus zu fahren, da ich meinem Jüngling beweisen will, dass er es hier keineswegs mit einer älteren Dame zu tun hat.

Ich lege den Rückwärtsgang ein, lass den Motor aufheulen und setzte viel zu schnell zurück. Kabum! Ich treffe den einzigen Lichtmasten, der auf dem ganzen Parkplatz vorhanden ist. Eine Sekunde der Stille, dann ein tosender Applaus von dem versammelten Publikum. Mein Abgang war etwas anders geplant, doch die erhoffte Aufmerksamkeit bekam ich. Sowie der Benefit, das sich mein Jüngling wohl auch morgen noch an mich erinnern kann, wenn er wieder nüchtern ist.

Wie es sich als durchgeplante Singledame so gehört, habe ich natürlich am nächsten Morgen zum Sport abgemacht und stehe früh auf. Ich erwarte nicht, eine Nachricht von meinem Jüngling zu haben, geht man ja in seinem Alter erst um die Zeit ins Bett, als ich bereits wieder auf den Beinen war. Ich war ja auch Mal jung und erinnere mich noch daran, dass es möglich ist zwölf Stunden zu schlafen nach einer durchzechten Nacht, bei hell erleuchtetem Zimmer und ohne aufzuwachen weil einem der Rücken schmerzt vom zu langem Liegen.

Am frühen Abend kommt, dann ein Lebenszeichen. Ich weiss nicht genau was ich auf diese langgezogene „heeeeeeyyyyyyyy" antworten soll und frag einfach mal wies den gestern noch so war.

Wir chatten und lachen zusammen über die ganzen Vorfälle der vergangen Nacht, bis zum nächste Mittag. Doch dann ist da einfach kein Gesprächsstoff mehr vorhanden und ich versuche es mit derselben Strategie, die mich zwei Tage zuvor schon zum Erfolg geführt hatte. Nur war ich nicht mehr bereit die 90% des Weges auf mich zu nehmen. Nicht das er es mir nicht wert war, aber er wohnte noch bei seinen Eltern und darauf hatte ich nun wirklich keine Lust.

Ich gebe ihm den ersten Wink, er versteht es nicht, den zweiten, wieder nichts. Ich haue ihm den Zaunpfahl direkt an den Kopf und frage ob wir denn nicht zusammen was essen wollen, bei mir Zuhause. Jeder halbwegs schlauer Mitdreissiger wäre zu diesem Zeitpunkt bereits vor meiner Haustür, oder mindestens auf dem Weg dahin gewesen, doch von ihm kommt nur, dass sein Papa gekocht habe und er sich nicht vorzeitig beim Abendessen abgemeldet hat, so also keine spontanen Änderungen mehr möglich seien.

Ja, das ist süss, aber ich bin einfach zu alt dafür, in meine Dateplanung noch die Erlaubnis irgendwelcher Eltern miteinzuplanen.

Lieber Jüngling

Danke für diese Erfahrung, und den tollen Abend.

Ich habe mein Tinder-Suchkriterien wieder auf 28+ umgestellt.

xxx

Deine ältere Dame

Das Chaos

Ich bin nun seit einigen Tagen, okay vielleicht auch Wochen, auf Tinder unterwegs. Dabei habe sich sowas wie Brieffreundschaften gebildet. Mit ein paar Herren bin ich regelmässig am Chatten, ohne dass einer von uns den Anschein machen würde, dass jetzt bald mal ein Treffen nötig wäre. Es ist einfach gerade gut so wie es ist.

Vielleicht ist es so wie wenn du einen Menschen als Freund kennenlernst. Ab irgendeinen Zeitpunkt hast du dich so an ihn gewöhnt, dass du ihn in dieser Position gar nicht mehr missen möchtest und er dadurch als Partner gar nicht mehr in Frage kommt. Bei Frauen ist dies ein normaler Prozess, ich denke Männer unterscheiden sich da etwas zu uns, die können da wohl ziemlich schnell umdenken.

Aber das ist ein anderes Thema, dem ich mich nicht widmen will. Ich hab ja ein Ziel, dass ich auf keinen Fall aus den Augen verlieren will: Projekt grosse Liebe finden!

Da gibt es also eine Handvoll Herren, die mir fast täglich ein paar Zeilen schreiben und ich natürlich frisch fröhlich von der Leber weg antworte. Wir sind uns schon so vertraut, so dass wir uns gegenseitig erzählen, wenn der eine Kollege heute wiedermal absolut gar nichts gemacht hat und ich deswegen länger im Büro bleiben musstet um seine Arbeit auch noch zu machen. Oder das der Polterabend seines besten Freundes bereits um halb eins endete, da sie im Stripclub abgezogen wurdet und keiner mehr Geld für das Heimweg-Taxi hatte, geschweige denn Lust noch irgendwo anders hin zu gehen.

Es verhält sich ganz ähnlich wie mit meinen Freunden im realen Leben, doch da gibt etwas das das Ganze ein bisschen komplizierter macht:

Ich habe verschiedene Freunde für verschiedenes Thema (abgesehen von der einen, die einfach alles erfährt, aber die ist jetzt mal aussen vor). Das heisst nun so viel wie, dass ich mit meinem ehemaligen Schulkollegen am liebsten über die Arbeit lästere. Er hat eine ähnliche Stellung wie ich und versteht mich deshalb besonders gut. Mit meiner Trainingspartnerin spreche ich über sportliche Leistungen, Ernährung und Trainingsformen. Mit meinem Gassi-Geh-Freund über die Hundeerziehung und das perfekte Leckerli, das schmeckt aber dennoch gesund ist.

Nun treten da in kurzer Zeit mehrere neue Menschen in mein Leben, von denen ich eigentlich gar nichts weiss, ausser eben das was sie gewillt ist über sich Preis zu geben. Ich weiss auch nicht ob den einen mehr die Hundegeschichten oder doch die Trainingserfolge interessieren, da ich seinen genervten Gesichtsausdruck beim Lesen nicht sehen kann. Dennoch hat sich zwischen uns so etwas wie eine Verbindung entwickelt und ich bin gewillt ihm vom meinem täglichen Leben zu erzählen.

Ich schreibe also meinem Brieffreund Nr. 1, dass mein Hund heute meine neuen Schuhe angenagt hat, da er mir zuvor von der kleinen niedlichen Bulldogge seiner Eltern schrieb. Meinem Brieffreund Nr. 2 erzähl ich von meinem nervenden Chef, weil er gerade berichtet hat, wie er seine Mitarbeiterin angemotzt hat. Mit Brieffreund Nr. 3 habe ich gerade eine tiefgehende Unterhaltung wie wir die Weltherschafft an uns reissen werden, damit keiner mehr erwachsen werden muss.

Nun berichtet aber Brieffreund Nr. 2 davon, dass genannte Mitarbeiterin gefragt hat ob sie ihren acht Wochen alten, noch nicht ganz stubenreinen Chihuahua auch mit ins Büro bringen darf. Okay, hier kann ich getrost meine Schuh-Annage-Story nochmals bringen, Brieffreund Nr. 1 hat sich darüber ja göttlich amüsiert.

Das geht so weiter, rund um meinen Tag. Rund um die Geschichten, die mein Leben so schreibt. Und dann kommt diese Situation, in der nicht mehr klar ist, ob nun Brieffreund Nr. 1 von dem nervenden Chihuahua-Welpen spricht oder der zuckersüssen Bulldogge seiner Eltern. Denn ich habe keine Situation, die ich mir in den Kopf rufen kann, die mich mit meinem Brieffreund in Verbindung bringt.

Mir bleibt also nichts anderes übrig als gekonnt vom Thema abzulenken und dadurch uninteressiert zu wirken oder den ganzen Chatverlauf nochmals zu studieren um herauszufinden um welches Hundchen es sich nun handelt.

Liebe Tinder-Programmiere

Folgendes würde uns sehr weiterhelfen:

Übermittlung des Gesichtsausdruckes, während dem er unsere Nachricht liest.

Suchfunktion im Nachrichtenverlauf, die meine Gedanken mit einschliesst, da ich mich nach Tagen nicht mehr an den genauen Wortlaut erinnern kann.

Gruppenchats, bei denen aber nur ich weiss, dass andere auch involviert sind, sodass ich gewisse Sachen nicht mehrfach auf der viel zu kleinen Handytastatur eintippen muss.

Danke, ich weiss, ihr kriegt das hin!

xxx

Eure Chaotin

Das Fazit

Nach ein paar Wochen bei Tinder habe ich etwas verstanden:

Über Tinder den Partner fürs Leben zu finden, hat etwas von einem neuen Job zu suchen.

Du stellst deine Bewerbungsunterlagen zusammen und stellst sie deinen möglichen Vertragspartnern auf einem Portal zur Verfügung. Diese sollten möglichst viel Neugier wecken, wenn man sie durchsieht, dich natürlich von deiner besten Seite zeigen und von anderen abheben.

Dein Tinder Profil.

Wenn du da einen guten Job gemacht hast, kommst du auf den Stapel, die in die engere Auswahl für ein Vorstellungsgespräch kommen.

Wischer nach rechts.

Jetzt wird überprüft ob du denn auch für ein Bewerbungsgespräch in frage kommst, ob sich für das Unternehmen der zeitliche Aufwand lohnt. Vielleicht ein kurzes Telefongespräch und in den Netzwerken wird nach dir geforscht. Was du natürlich wusstest und zuvor schon geprüft und wenn nötig aufpoliert hast.

Chat und Internetstalken.

Hast du auch diese Hürde genommen, wirst du zu einem Vorstellungsgespräch eingeladen, bei dem du dich natürlich von deiner aller besten Seite zeigen möchtest. Das heisst, du macht's den Nachmittag frei gehst noch schnell zum Frisör und machst einen schönen Waldspaziergang oder triffst dich mit einer Freundin um jede einzelne Frage, die dir heute gestellt wird, durch zu gehen und eine entsprechende Antwort bereit zu legen. Am Ort des Geschehens erscheinst du mindestens eine halbe Stunde zu früh, wartest aber im Auto, dass du pünktlich auf die abgemachte Zeit eintreten kannst.

Das erste Treffen.

Nach dem Vorstellungsgespräch, kommt die Zeit in der sich beide Partien zurückziehen und überlegen ob sie bereit für den nächsten Schritt sind und die Vertragsverhandlung gehen.

Das Warten auf die Nachricht nach dem ersten Date.

Der Vertrag wird mit allen nötigen Bedingungen ausgearbeitet, dazu sind zum Teil auch mehrere intensive Treffen und Gespräche nötig, schlussendlich wird er von beiden Parteien unterzeichnet.

„Triffst du dich noch mit anderen?"

Die Probezeit beginnt und dein neuer Job ist das Beste was dir je passiert ist. Alles ist viel strukturierter, organisiert und systematisiert wie es noch in keinem anderen Job je zuvor war.

Verliebt sein.

Erst nach dem die Probezeit vorbei ist und du nicht mehr von einer wöchigen Kündigungsfrist profitieren kannst, stellt sich der Alltag ein und es stellt sich raus, ob du mit den nicht so tollen Dingen dieses Arbeitgebers zurechtkommen möchtest.

Die Liebe.

Eigentlich wär's doch so einfach, wenn man etwas strukturiert an das Ganze ran gehen würde und sich in Sachen Liebe genauso fokussiert und zielgerichtet entscheiden könnte, wie wenn wir einen neuen Job suchen.

Doch irgendwie kommen mir da immer diese rosarote Brille und die Gefühle in den Weg. Und da ist noch ein entscheidender Unterschied zur Jobbörse:

Wenn eine gutausgebildete, fachlich kompetente Person, die mit beiden Beinen im Leben steht einen neunen Job sucht um weiter zu kommen im Leben, zeugt dies von Antrieb, Ehrgeiz und Zielstrebigkeit.

Doch wenn ein gutaussehender Mensch in den Dreissigern, mit einem normalen Job und halbwegs gepflegten Umgangsformen noch Single ist, hat es sehr wahrscheinlich einen Haken.

Da aber auch ich mich genau zu dieser Spezies Mensch zähle, muss ich mir die Frage stellen, wo denn genau dieser Haken bei mir liegt. Und dieser Frage möchte ich mir eigentlich gar nicht stellen, denn ich fühle mich eigentlich ganz wohl in meiner Haut und konnte die letzten fünfunddreissig Jahre wunderbar mit meinen eigenen Macken umgehen. Ich ging mir relativ selten selber auf die Nerven und wenn das doch mal passiert, fand ich oft innert kürzester Zeit ein Opfer, dem ich die Schuld dafür geben konnte.

Vielleicht hab auch ich einen Haken, vielleicht auch zwei oder drei. Aber irgendwo da draussen gibt es diesen Kerl, der mit meiner Eigenheit umgehen kann, der gerne das Opfer spielt, wenn ich mal gerade selber nicht mit mir klar komme. Und für denn auch ich mal das Opfer spielen werde, wenn es denn nötig sein wird.

Ob ich diesen auf Tinder finde, weiss ich nicht. Aber hier sind die Voraussetzungen dafür wenigsten gut geschaffen, denn ich habe selten so viel Menschen, mit zum Teil sehr speziellen Eigenschaften auf einem Haufen gesehen.

Nun liegt es nur noch am netten Programmierer, mir denjenigen mit der passenden Macke vorzuschlagen und an mir, diesen dann auch nach rechts zu wischen.

Das Happy End

Er ist Lok-Führer und hat mein Herz damit erobert, als er mir sagte, dass er für mich vor jedem einzelnen Bahnübergang den Zug anhalten würde, damit ich nicht jeden Morgen so gestresst im Büro aufkreuzen muss, weil wiedermal jeder einzelne Zugführer der westlichen Hemisphäre es absichtlich auf mich abgesehen hat. Es kann einfach kein Zufall mehr sein, dass es immer genau dann passiert, wenn ich eh schon sehr knapp dran bin.

Bereits nach unserem ersten Chat, gehörten geschlossenen Bahnübergänge für mich der Vergangenheit an. Immer wenn ich angerauscht komme, öffnen sie sich wie von Geisterhand. Ich bin davon überzeugt, dass er auf mich in seinem Lokführer-Gruppen-WhatsApp-Chat hingewiesen hat und somit keiner mehr die Schranken schliessen darf, wenn ich mich gerade auf dem Weg mache.

Ich weiss, dass es mein Prinz sein muss, deshalb antworte ich nach ein paar Tagen intensiven chatten auf die Frage, ob es mich auch auf Facebook gibt, mit der Antwort: „Mich gibt's auch im realen Leben!"

Das er meinen Wink versteht war mir von Anfang an klar, scheint er doch mein Seelenverwandter zu sein.

Ich mag meinen See, auch wenn es bis jetzt noch nicht geklappt hat, aber aller guten Dinge sind drei. Wir spazieren, lachen, reden, philosophieren und geniessen gemeinsam die Frühlingsonne. Als wir uns in ein Eiscafé niederlassen, spüre ich die neidischen Blicke der Singles und der Paare die stumm dasitzen, da sie sich einfach nichts mehr zu sagen haben.

Wir reden über alles und wissen, dass es uns nie so gehen wird, dass wir uns immer alles sagen werden und wir nie schweigend dasitzen werden.

Keiner von uns will den Abend enden lassen, doch etwas treibt uns doch auf den Rückweg. Die Verabschiedung, haben wir ja dort die Chance auf diesen einen Moment, der unser Leben für immer verändern wird.

Er steht vor mich hin, sagt wie toll er die Zeit mit mir fand, wie sehr er sie genossen hat und wie sehr er sich auf ein Wiedersehen freut. Ich hör nicht zu, ich sehe nur wie seine vollen Lippen immer näherkommen und freue mich innerlich, dass er die 80:20 Regel kennt.

Er küsst mich, nicht zu wild und zu fordern aber genau so dass mir der Atme weg beleibt. Ich würde am liebsten meine Hände in seinem wuscheligen Haar vergraben, und den Rest meines Lebens genau in dieser Position verbringen, doch wir wissen beide, dass es keinen besseren Augenblick gibt, als genau diesen um zu gehen.

Ich stelle mich schon auf Stunden des Bangens ein, in denen ich verheult bei meiner Freundin sitzen werde, weil er sich nicht bei mir meldet und ich nicht den Mut habe es selber zu tun, aus Angst keine Antwort zu bekommen.

Doch kaum zuhause angekommen blinkt mein Handy verführerisch. Ich gehe davon aus das es meine Freundin ist, die einen Statusbericht haben will, doch tief in meinem Herzen hoffe ich natürlich auf eine Nachricht von ihm.

Mein Herz geht auf bei den Worten „Kannst du dir den Samstagmorgen freihalten, ich hab eine Überraschung für dich?" Ich warte nicht wie sonst mehre Stunden um die Nachricht zu beantworten um möglichst cool zu wirken, sondern haue sofort in die Tasten: „Sehr gerne sogar, ich bin gespannt!"

Er holt er mich am Bahnhof ab, nicht mit seinem roten Sportwagen, einer weissen Kutsche oder mit Inline-Skates. Er steht da mit seiner Lok und bittet mich ins Führerhaus.

Liebe Tinder-User

Ich treffe mich jetzt mit meinem Lok-Führer. Unser drittes Date und was das heisst muss ich euch wohl nicht erklären – Mama braucht Zucker!

Wünscht mir Glück! Ich drück euch die Daumen und immer schön weiter wischen.

„Scheiss aufs Pferd – ein echter Prinz kommt mit der Lok" oder der Vespa, dem roten Flitzer, oder zu Fuss oder vielleicht doch mit dem Pferd!

Alles Liebe

xxx

Euer User Denise

Der Anhang

Ich habe in meiner Zeit auf Tinder wohl mehrere hundert Fotos von irgendwelchen Herren gesehen. Bei mehr als der Hälfte habe ich mich dermassen fremdgeschämt, sodass ich dies nun zur Rehabilitation niederschreiben muss.

Das DuckFace-Foto

Ich finde schon das Damen, die für das perfekte Selfie diese Schnute ziehen, sehr seltsam sind und habe noch nicht verstanden, wie dies die Vorteile eines Gesichtes besonders gut zur Geltung bringen soll.

Aber Herren, die sich so ablichten lassen, haben mich nach dem ersten grossen Lachanfall nur zum linkswischen bewegt, egal wie vielversprechend ihr Sixpack war. DuckFace in allen Variationen sind ein No-Go oder um es in Tinder-Sprache zu sagen „LINKS!"

Das Strand-Foto

Männer, die vor dem Sonnenuntergang einen Handstand machen sind absolut okay, sogar mehr als okay, wir haben nichts gegen sie. Im Gegenteil mit dem passenden Gesicht, ist da ein Rechtswischer sehr wahrscheinlich.

Doch ich habe Bilder gesehen, in denen sich Männer am Stand im Wasser räkeln wie Pamela Anderson zu ihren besten Baywatch-Zeiten. Der einzige Unterschied besteht darin, dass die Badehosen weder knapp noch rot sind, was aber auch besser ist, bei der anzunehmend Körperfülle, die sich am Brechen der Wellen und etwas Wissen über die Wasserverdrängung bei Gegenständen, erahnen lässt.

Der Blick des besagten Wasserfreundes ist leicht verträumt und das Foto natürlich aus einer Vogelperspektive um den romantischen Ansatz zu verstärken. Hier kommt es Pamelas Original wieder sehr nah.

Doch das soll kein Ansporn sein das Tinder solche Fotos braucht.

Lieber Strandfoto-Poster

Wenn ihr im Türkei-Urlaub von einem ansässigem Strand-Fotographen übers Ohr gezogen wurdet, der euch genau in dieser Position haben wollte, um anschliessend total überteuerte Preise für diese Aufnahmen zu verlangen, war der Geldbetrag nicht für den Erhalt des Fotos gedacht, auch wenn er euch das versichert. Ihr habt damit dafür gezahlt, dass er euch alle Kopien diese Fotos übergibt und die Originaldatei für immer löschen wird.

Behaltet diese Bild für eure Enkelkinder, damit ihr ihnen wertvolle Tipps mit auf ihren Lebensweg geben könnt. Aber bitte postet es auf keinem sozialen Netzwerk dieser Welt, auch wenn ihr die Daten löscht, können Hacker (oder gute Freunde) sie wieder genau in diesem Moment aus dem Deepweb hervorzaubern, wenn ihr eurer zukünftigen einen Hochzeitsantrag machen wollt.

Und verwendet es auch nicht auf eurem Tinder-Profil, denn, in einer solchen Position, mit genannten Gegebenheiten, wirkt kein heterosexueller Mann nur im Ansatz anziehend auf Frauen.

XXX

Deine Berg-Foto-Bevorzugerin

Das Selfie

Selfies sind Bestandteil unserer heutigen Kultur und ich finde sie voll okay, dass man in Momenten in denen man sich gerade besonders hübsch fühlt, dies verewigen möchte, um sich anschliessend durch den Lobgesang und die Likes auf diversen sozialen Medien, sein Ego etwas aufpolieren lassen möchte.

Was sich meinem Verständnis aber komplett entzieht ist, warum diese Selfies sich bei den meisten männlichen Usern entweder in einem Lift oder im eigenen Badezimmer aufhalten. Nicht nur dass man so gleich sieht wie er es mit der Ordnung so hält, dass Licht in diesen Räumen ist so schlecht bzw. gut, dass einfach jede Unebenheit auf dem Gesicht erkennbar ist.

Zudem zeugt ein vor-dem-Spiegel-Foto nicht gerade von bestechender Intelligenz. Scheinen sie bis anhin ja noch nicht gemerkt zu haben, dass alle halbwegs modernen Smartphones eine Frontkammer aufweisen, auf der man sieht, wenn man sich in Pose wirft und so im richten Augenblick abdrücken kann, ohne dabei das Handy mitten im Bild zu haben.

Das geschwärzte Foto

Es gibt einige User, die ein Teil ihrer Fotos weglassen, so dass man als Frau sofort erkennt, dass das Originalbild wohl die Verflossene zeigt. Das ist kein Links-Kriterium, da er ja scheinbar beziehungsfähig ist.

Der Höhepunkt dieser Spielerei brachte allerding ein Herr, der auf einem Bild zu sehen war, auf dem er und eine Frau komplett abgebildet waren, sie standen Nebeneinander vor einer Berghütte.

Die Frau wurde auf einer eher unprofessionelle Art mit schwarz übermahlt, sodass ihr Hand, die auf seiner Schulter weilte, noch zu sehen waren. In den nun ausgeschwärzten Körper wurden mit weiss drei grosse Fragenzeichen eingefügt. Was wohl bei mir die Frage aufwerfen sollte, ob ich nun künftig auf diesem Bild sein möchte und somit bei späterem Nichtgefallen, die nächste ausgeschwärzte Person auf irgendeinem Single-Portal sein werde.

Das Schlusswort

Lieber Auferstehende

Nur weil ich dir mir vor gefühlten zwanzig Jahren meine Telefonnummer gegeben habe, als ich noch dachte, dass du dich zu einem Traummann entwickeln könntest, du aber glücklicherweise genügend schnell dein wahres Ich gezeigt hast, heisst das nicht, dass ich nun monatlich darüber informiert werden möchte, dass du dich gerne mit mir treffen möchtest.

Wenn ich auf ein „doch keine Lust?" mit „du hast es erfasst!" antworte, ist das nicht so wie wenn eine Frau „Nein" sagt, aber „Ja" meint. Dieser Satz bedeutet genau das, was er aussagt. Deine Annahme stimmt.

Ich habe keine Lust mehr auf ein Treffen mit dir und das wird sich so schnell auch nicht mehr ändern. Da mir meine Zeit einfach zu schade ist sie mit dir zu verbringen und ich es vorziehe von zwanzig Katzen aufgefressen zu werden, anstelle eines tristen Lebens mit einem Mann an meiner Seite, mit dem ich im Sommer im Café sitze und wir uns einfach nichts mehr zu sagen haben.

Ja, ich bin seit längerem Single, doch dies bedeute nicht automatisch, dass meine Ansprüche runterschraube, sodass du diese Situation ändern darfst, obwohl ich im vorherein bereits weiss, dass du mich nicht glücklich machen kannst.

Das ist der Vorteil an einer Frau, die mit beiden Füssen im Leben steht und genau weiss was sie will. Das ist was dich an mir anzieht, doch das ist auch genau das, was es mir möglich macht mit erhoben Haupt zu sagen:

„Ja, ich bin Single, doch das ist auch okay, solange da nicht wirklich der eine kommt, für den es sich lohnt, einen Schritt von der Mitte meines Weges runter zugehen, damit er mit mir gehen kann und wir uns gegenseitig stützen können, wenn wir auf der Seite des Weges mal durch ein Steinchen etwas in Wanken geraten."

Mach's gut und lösch doch endlich meine Nummer, ich habe deine nur noch, damit ich mich nicht jeden Monat aufs Neue Hintersinnen muss, von wem den die Nachricht denn nun ist.

Tschüss!